Allitera Verlag

edition monacensia
Herausgeber: Monacensia
Literaturarchiv und Bibliothek
Dr. Elisabeth Tworek

Sigi Sommer

Sendlinger G'schichten

Herausgegeben von

Helga Lauterbach-Sommer

Münchner Stadtbibliothek
Monacensia
Literaturarchiv und Bibliothek

Allitera Verlag

Weitere Informationen über den Verlag und sein Programm unter:
www.allitera.de

Orthografie und Interpunktion in den Texten Sigi Sommers folgen der Originalvorlage, nur offensichtliche Fehler wurden stillschweigend korrigiert.

Mit freundlicher Unterstützung
des Kulturreferats der Landeshauptstadt München

Landeshauptstadt
München
Kulturreferat

Juli 2014
Allitera Verlag
Ein Verlag der Buch&media GmbH, München

Printed in Europe · ISBN 978-3-86906-652-3

Inhalt

Grußwort

Siegfried oder, wie ihn bald alle nannten, Sigi Sommer war nicht nur ein in Sendling aufgewachsener Münchner, sondern einer der Journalisten – wenn nicht *der* Journalist überhaupt – in der zweiten Hälfte des letzten Jahrhunderts, der seine Stadt am besten kannte und das Leben der Menschen in München in all seinen Facetten am besten zu schildern und zu kommentieren verstand. Der gelernte Elektrotechniker kehrte 1945 nach fünf Jahren Wehrdienst aus dem Krieg zurück und veröffentlichte im November des gleichen Jahres in der *Süddeutschen Zeitung* seine erste Glosse unter dem Titel »Das Gerücht«. Der folgten dann in den nächsten vierzig Jahren an die sechstausend Samstags-Lokalspitzen in der *Süddeutschen Zeitung* und Freitags-Kolumnen in der *Abendzeitung.* Diese schrieb er als »Blasius, der Spaziergänger«. Und als solcher war er ja unermüdlich in der Stadt unterwegs. Dem entspricht es, dass er seit 1998 als lebensgroße Bronzefigur am Rindermarkt wieder zugange ist.

Sommer schrieb aber auch Romane und Theaterstücke wie »Und keiner weint mir nach« oder »Marile Kosemund«. In diesen Texten wurden seine besonderen Begabungen ebenso deutlich wie in seinen Zeitungsglossen. Nämlich seine Sprachkraft und sein Wortwitz, aber auch seine Fähigkeit, die Sorgen und die Freuden seiner Mitmenschen lebensnah zu beschreiben und stets das speziell Münchnerische – so beispielsweise den Münchner »Grant« – anschaulich zu machen.

Ich selbst bin ihm gerade in meiner Oberbürgermeisterzeit häufig begegnet. Einmal begleitete ich ihn bei einem Spaziergang durchs Rathaus, weil er seine Leser wissen lassen wollte, wie es da eigentlich in den Büros zuging. Ein andermal bewahrte er mich vor einer bedenklichen Fehlentscheidung. Ich hatte nämlich nach meinem Amtsantritt meinen Vorgänger Thomas Wimmer gebeten, das von ihm begründete Anzapfen zur Eröffnung des Oktoberfestes weiter fortzuführen. Als er 1964 gestorben war, wollte ich den Brauch beenden, weil ich mich dafür nicht sehr prädestiniert fühlte. Aber Sigi Sommer widersprach mir auch als »Blasius« ganz entschieden. Es sei einfach eine Pflicht des Münchner Oberbürgermeisters und dürfe nicht von einem anderen – etwa dem Ministerpräsidenten – wahrgenommen werden. Gott sei Dank ließ ich mich davon überzeugen. Und deshalb zapfen die Münchner Oberbürgermeister bis heute an.

Gut, dass seine Cousine Helga Lauterbach-Sommer die Erinnerung an Sigi Sommer wach hält. In diesem Buch geht es dabei um knapp fünfzig Geschichten, die sich mit Sendling, also dem Stadtbezirk beschäftigen, in dem er aufwuchs. Möge es viele Leserinnen und Leser finden.

Dr. Hans-Jochen Vogel
Altoberbürgermeister *München, im Mai 2014*

Und keiner schreibt's ihm nach ...

Erinnerung an den Münchner Weltstadt-Poeten Siegfried Sommer

von

Franz Freisleder

In den ersten vier Nachkriegsjahrzehnten war er Münchens populärster Journalist und Schriftsteller: Siegfried Sommer, der bayerische Zille der Schreibfeder. Wenn er in Turnschuhen und mit lederner Schirmmütze auf dem Kopf seine Stammtischroute zwischen der Wohnung an der Wurzerstraße und dem Augustinerkeller absolvierte, drehten sich die Passanten zu Hunderten schmunzelnd nach ihm um. (In seinen letzten Lebensjahren freilich, als es auf den Achtziger zuging, musste er in die Behüteten-Abteilung des Altenheims Sankt Martin umziehen. Seine nun selten gewordenen Spaziergänge konnte er nur noch in Begleitung absolvieren. Und die inzwischen wenigen Münchner, die ihn noch erkannten, sahen ihm dann mit wehmutsvollen Blicken nach.)

An die sechstausend Freitags-Kolumnen (als »Blasius, der Spaziergänger« in der *Abendzeitung*) und Samstags-Lokalspitzen (in der *Süddeutschen Zeitung*) hat der »Sommer Sigi« zwischen 1946 und 1986 geschrieben. In rund vierzig Büchern sind seine Gschichtln und Geschichten gesammelt. Auch zwei Romane befinden sich darunter. Mit dem ersten, der 1953 unter dem Titel »Und keiner weint mir nach« erschien, hat er sich einen Platz in der Weltliteratur erobert. Diese tragikomische Vorstadtballade vom Lehrling Leonhard Knie, die vor einigen Jahren von Joseph Vilsmaier verfilmt wurde, ist in mehr als ein Dutzend Sprachen übersetzt worden. Sie brachte ihm den Schiller-Preis aus Weimar ein; Bert Brecht bezeichnete das Buch seinerzeit als »den besten Roman, der nach dem Krieg in Deutschland geschrieben wurde«. Ein Ableger davon ist das auf die weibliche Hauptperson zugeschnittene Bühnenstück »Marile Kosemund«. In den Münchner

Kammerspielen erlebte es 1968 zwar nur wenige Aufführungen, dem bis dahin noch wenig bekannten Schauspieler Gustl Bayrhammer verhalf es aber dank einer milieustarken Kriminaler-Rolle zum großen Durchbruch. Zweimal verfilmt wurde der zweite Roman »Meine 99 Bräute«.

Siegfried Sommer – das ist Volkstheater auf ein paar Quadratzentimetern Zeitungspapier. Zum herzhaft Lachen und schadenfroh Kichern. Und manchmal auch zum Weinen. Seine Geschichten sind lebendige Sozialgeschichte. Aus der Feder dieses bissigen Weltstadtpoeten mit Herz floss auch immer wieder der Impfstoff, der resistent, notfalls auch renitent machte gegen alles, was den speziellen Charakter der Stadt, in der er geboren und aufgewachsen ist, zu gefährden drohte. Seine originellen Sprachbilder und -schöpfungen sind oft zu geflügelten Worten geworden – wie etwa jener Satz, den er einmal einem alt gewordenen Stammtischbruder in den Mund legte: »As Bier is des oanzige Gmias, des i no beißn ko …« Unter dem Titel »Strukturelle Grammatik der Münchner Stadtmundart« befasst sich sogar eine wissenschaftliche Untersuchung mit Sommers Sprache.

Kurzweiliger, als wenn Sommer seine Sprüche oder seine Ansichten lautstark im Reporterzimmer des *SZ*-Lokalteils, in dem ich ihm Ende der Fünfziger-, Anfang der Sechziger-Jahre gegenübersaß, zum Besten gab – manchmal wohl dabei auch auf ihre Wirkung erprobte –, war es in meinem späteren Journalistenleben nie mehr. Ein guter Rat, der dabei auch einmal für mich, den damals frisch eingestellten Jungreporter abfiel, hat meiner idealistischen Berufseinstellung gleich einen Dämpfer versetzt. Der damalige Chefredakteur Werner Friedmann schickte mir nach einer meiner Reportagen, die ihm besonders gefallen hatte, einen Lob-Zettel. Sommer sah mir offenbar die Freude beim Lesen an und fragte: »Na, Froase, was hat a Eahna denn da gschriebn? Zoagns amoi her!« Dann gab er mir das Blatt zurück mit den Worten: »Jetzt gengans damit ins Fruchthaus Büb in da Maximilianstraß' und fragns, obs dafür a Pfund Obst kriagn. Schaugns, dass a Eahna a Gehaltserhöhung gibt, des is gscheider.«

Wie seine Geschichten manchmal den Bogen vom Lachen zum Weinen spannten, so blieb auch Sommer nicht von depressiven Phasen verschont. »Jetzt is a gstorbn.« Mit diesen Worten betrat er seinerzeit das Zimmer des *SZ*-Lokalteils, um unserer damaligen

Redaktionssekretärin Hildegard Weitlauer unter Tränen das letzte Romankapitel von »Und keiner weint mir nach« in die Maschine zu diktieren. Das mit der Szene vom Suizid seines Helden Leonhard Knie. »Da hamma dann alle zwoa nasse Augn ghabt«, erinnerte sich die Weitlauerin.

Am 23. August 1914 kam der Sommer Sigi zur Welt. Am 25. Januar 1996 starb er im 82. Lebensjahr. Begraben liegt er im alten Neuhauser Friedhof beim Winthir-Kircherl. Bereits zu seinen Lebzeiten hat ihm die städtische Monacensia-Sammlung eine Gedenkecke eingerichtet – dicht neben der für Oskar Maria Graf. 2004 ehrte sie ihn mit einer Gedenkausstellung. Seit 1998 spaziert er als lebensgroße Bronzefigur, geschaffen vom Bildhauer Max Wagner, sogar wieder leibhaftig durch die Stadt. Dort, wo Rosenstraße und Rindermarkt in die Sendlinger Straße münden, scheint er auf die zwei ehemaligen Zeitungsgebäude – sie beherbergen jetzt ein amerikanisches Modehaus – zuzugehen, in denen er ein Berufsleben lang gewirkt hat.

Zeit war's, dass man ihm dann im September 2009 auch an der Ecke Bruderhof-/Dietramszeller Straße in Untersendling, dem Viertel seiner armen Vorstadtjugendzeit, mit dem Sigi-Sommer-Platz ein Denkmal setzte; spiegeln sich doch in den Romanen ebenso wie in vielen Lokalglossen immer wieder die Erfahrungen, die er damals gemacht hat. Die ihn später Verständnis zeigen ließen für die kleinen Leute mit ihren oft aus der Not resultierenden Schwächen. Die ihm aber auch den Blick schärften für die Egoismen der Gwappelten. Da kam es dann schon vor, dass – wie ich es selbst erlebt habe – einer von denen auf einer Pressekonferenz jammerte: »Was der Blasius manchmal so schreibt, mag ja zum Lachen sein – aber wenn man selber der Derbleckte ist, hört sich der Spaß auf.« Viel öfter aber – auch dabei war ich manchmal Zeuge – hörte er auf seinem Weg durch die Stadt Zurufe wie: »Sauber, Blasius – gell, heit hast as eahna wieder amoi higriebn!«

Feierabend in Sendling

Winnetou« versucht der zehnjährige Sprößling vom Hausmeister Niederleitner mit dem Gießkannenstrahl aufs »Drodoar« zu spritzen. Sein Vater im blaugestreiften Flanellhemd kehrt müde und mit teilnahmslosen Stachelbeeraugen hinter ihm nach. Auf den Steinstufen des Milchgeschäftes Kästlmeier sitzen die acht Kinder vom Tapezierer Himmelreich und jedes hält das Abendessen, eine heiße Kartoffel, in der Hand, in die sie blasend und fingerschlenkernd hineinbeißen. Vorn am Eck steht die »Blosn«. »Geh weida, kenn die fei wieda!« koppt der Wolf Gaggi, als der Gange gleich dreimal an seinem Zigarettenstumpen zieht, der sowieso schon so kurz ist, daß er auf einem Zündholzsteckerl aufgespießt ist.

Die Mariele vom Parterre kommt mit dem Bier, und ihr rosaroter Daumen steckt treuherzig im Schaum. »Laß mi trinka, oida Foisn«, sagt der Gange zu seiner Schwester und tut einen kräftigen Zug. »Meaße, rührst hoid mit'm Finga a bisserl um, damit's da Oit net spannt.« Vom Konsumverein her naht die Perzlin mit schwarzer Einkaufstasche und ausgetretenen Schnürstiefeln. Sie geht schräg und schwankend, wie wenn sie gegen einen Wind ankämpfen müßte. Der Vale läuft ihr schreiend entgegen und umkreist sie so lange, bis sie gutmütig ihre Tasche abstellt und aus deren dunkler Tiefe eine Bärendreckstange hervorholt. Die gibt sie dem Enkel und stopft ihm dann noch sein Leiberl in die Hosn, bevor sie wieder weitersegelt.

Mit einem Zweiradler voll Hasenfutter kommt der Taglöhner Klözl heim und gleich darauf der Maurerpolier Saftig, der gewichtig den Großvateraufstieg benützt, als er von seinem Fahrrad absteigt, denn heute wurde der Akkord ausgezahlt. Immer drei Treppen auf einmal nehmend, saust der Himmelreich Bene in den dritten Stock hinauf, sperrt auf und schleicht sich auf den Zehen in die Speisekammer. Die Mutter ist im Schlafzimmer. Der Bene nimmt vorsichtig den Milchhafen, zieht zehn Sekunden lang und läßt dann die gleiche Menge Wasser wie die getrunkene Milch wieder nachlaufen, damit man keinen Rand sieht. Dann geht er ins Stiegenhaus zum Schuhputzen. Von Maria-Thalkirchen herüber hört man Gebetläuten.

Winnetou auf der Flaucherwiese

Zoin wean ma do a no was – pshaw – do muaß da Wigg auf a aufblasne Obststranizn draufhaun, und wenn da Ordnungsmo nachad umschaut, pretsch ma an eahm vorbei.« Der Kriegsplan vom Brandmeier-Waggi, Sträußlreich-Beni und Zinsl-Gaggi gelingt, und aus ihrem Versteck zwischen Brennesseln und Hollerstauden können die »letzten Mohikaner« vom Glockenbach das Original-Wildwest-Drama »Winnetou«, das seit Wochen auf der Flaucherwiese von einer Gruppe stellungsloser Schauspieler inszeniert wird, verfolgen. Eben tritt Winnetou über den Radlerweg auf das Brachfeld. Die Silberbüchse in der Rechten, das edle Haupt stolz erhoben. Unter einem Blutahornbaum sitzt eine Gruppe roter Squaws, eifrig ins Gespräch verwickelt. Ihre Diskussionen drehen sich nicht um das Gerben von Büffelhäuten, sondern um Nylonstrümpfe, Kirschenpreise und Kants »Kritik der reinen Vernunft«, denn einige der roten Ladies wurden vom Studentenschnelldienst ausgeliehen.

Nun teilen sich die Büsche erneut. Man sieht im Hintergrund einen Schutzmann mit Gummiknüttel und im Vordergrund Old Shatterhand, den Schrecken der Komantschen, Delawaren und anderer Schurken, die sich auf den Prärien tummeln. Da fällt auch schon der erste Hieb. Wie ein Stachanow wütet der »Siegfried des Rio Grande« unter den schuftigen Ureinwohnern. »Uff, uff«, stößt der Sträußlreich-Bene im Gebüsch hervor und betupft die vielen Brennesselstiche auf seinen nackten Wadln mit Speichel. Aus einem Zelt, auf dem noch die verwaschene Inschrift »Stadtwerke München« zu erkennen ist, taumelt der betrunkene Rattler hervor und streckt den »weißen Vater« mit einem wohlgezielten Büchsenschuß nieder. Dafür kommt er an den Marterpfahl. »Das wird ihn teuer zu stehen kommen, wenn ich mich nicht irre«, meint Sam Hawkins, dessen Erscheinung der Phantasie der Zuschauer in jeder Weise entspricht. Hüpfend und wilde Schreie ausstoßend, umkreisen die malerischen Gestalten der Apachen, deren romantische und farbenprächtige Kostüme allgemeine Bewunderung erwecken, ihre Opfer. Aha, da taucht endlich auch der Bösewicht Santer auf. Als der rote Zarewitsch Winnetou von seiner meuchlerischen Kugel fällt, spannt der Zinsl-Gaggi wortlos seine Steinschleuder. Einen Kirschkern legt er in die Lederschlaufe. Lange und genau zielt er auf den Wegelagerer Santer, und als der Gummi schnalzt, hört man aus dem Gebüsch einen unterdrückten Fluch. Der Brandmeier-Waggi aber fragt: »Hast ihn 'troffen, Bill?« – »Well«, sagt der Angesprochene und fährt sich mit dem Handrücken über die feuchte Nase – »genau zwischen d'Augen.«

Beim Heimgehen sagen die Alten: »Woaßt as no, Xaverl, beim Flaucha ham mia früha aa oiwei Indiana gschpuit. Amoi ham ma an ›Hartherz‹, des war da Voglmeier Hanse, der wo jetz Schutzmann is, an an Baam higfesselt und vagessen, nacha is a de ganze Nacht droghängt. Dafür hod a mi schpäta amoi aufgschriebm, weil an mein Radl koa Schlußliacht war.«

Die Halbwüchsigen: »Wos moanst nacha du, Franze, häd da Old Shatterhand an Winnetou sei Schwesta g'heirat?« – »Geh, de hat eahm doch nix wolln!« – »De wead eahm nacha nix woin ham, wo s' ihra Vadda mit an ganzn Sackl voll ›Nugget‹ nach Santa ...Dingsda g'schickt häd, ins Gymnasium.«

Und die ganz Kleinen: »Moanst, daß 's no Komanchen gibt im wuidn Westn?« – »No ja, a paar werd da Old Shatterhand scho no übalassn ham.« – »Woaßt wos, Moare, wenn ma aus da Schui san, nacha fahr ma nüba an Rio Grande ...«

»Winnetou« auf der Flaucherwiese war ein großer Erfolg. – Wenn ich mich nicht irre.

Die Mitglieder des Cowboy-Club-München 1913 e. V. um 1920.

Lederstrumpfs Erben

Schaurig ertönt das Gebrüll der Löwen aus dem nahen Hellabrunn. Unter der Schinderbrücke huschen fremdartige Gestalten hin und her. Der berüchtigte Indianerstamm der »Sendlinger Apachen« hat hier seinen Versammlungsort. »Uff«, sagt der Häuptling »Weißer Käse«, dessen Stirn ein altes Strapsgummiband mit zwei Hühnerfedern aus der letzten Hausschlachtung schmückt, beim Kriegsrat. »Verwischt alle Spuren, denn der einarmige Aufseher Flachszopf ist auf unserer Fährte. Wenn er herausbringt, daß wir die Rollwagl entgleisen lassen haben, meldet er uns beim Lehrer – und der legt uns über.« Die Buben ziehen ahnungsvoll ihre Rupfenhosen zurecht, bis der Unterhäuptling »Blauer Heinrich«, der an seinem Kopf zwei Hörner von einem Schafbock befestigt hat, das Wort ergreift: »O großer Häuptling, die Sonne neigt sich nach Westen, graben wir das Kriegsbeil ein, denn ich muß nach Hause und meinem Vater sein Radl putzen.« »Du feige Memme«, entgegnet ihm darauf der »Weiße Käse«, »du willst uns also verlassen und dich zum Knechte eines verhaßten Bleichgesichtes erniedrigen!« Einen Augenblick zögert der »Blaue Heinrich« noch, doch dann verteidigt er sich entschlossen: »Woaßt was, Alisä – mi leckst – mei Vadda is Bierführer und hat a Goaßl!« Und im Dauerlauf mit angewinkelten Armen setzt er sich in Richtung Dreimühlenviertel in Bewegung. Seine Bockhörner versteckt er in einer Ruine.

Das Etagenbad

In jenen Vorstadthäusern, in denen es nach einer Mischung von Stockfisch und Petroleum riecht und wo die Gasbeleuchtung als letzte Errungenschaft der Technik gefeiert wird, dominiert noch immer das Etagenbad. Da hängt die Hausmeisterin Grämlich am Samstag um drei Uhr beim Feierabendläuten die schwarze Schiefertafel mit der Badefolge im Stiegenhaus auf und holt sich von jeder Partei zwei Briketts für das Feuer. Der milzkranke Untermieter Schäberl betritt dann, angetan mit einer langen grünen Lodenpelerine, als erster das Kabinett, um seinen durch die 48stündige Fron als Verwaltungsassistent leicht angestaubten Astralleib zu reinigen. Diese Prozedur begleitet er meist mit Gesang, am liebsten mit dem Lied »Warum weinst du, schöne Gärtnersfrau«. Nach ihm kommt die Witwe Zimpel, deren aufgelöster Zopf, sonst züchtig zu einem Kreisel geformt, über den abenteuerlichen Bademantel herabzappelt wie eine tote Ringelnatter. Dann sind die Greisler-Deandln und der Spenglermeister Hieronymus Griebe an der Reihe, und zuletzt kommt Meister Grämlich selbst. Er stößt im Bad stöhnende und gurgelnde Laute aus, wie ein Ertrinkender, und vergißt zum Schluß regelmäßig, den Stöpsel aus dem Abflußrohr zu ziehen.

Wenn sich die Gesäuberten alsdann abends vor dem Gang ins Kino oder Wirtshaus auf dem Stiegenhaus treffen, so grüßen sie sich äußerst respektvoll in dem erhebenden Bewußtsein, der Reinlichkeit wieder einmal für eine Woche Genüge getan zu haben.

[illegible] Ausfertigung. Wohnung Nr [illegible]

MIET-VERTRAG.

Die Terrainaktiengesellschaft Bavaria in München

als Eigentümerin des Hauses [illegible] -Straße -~~Platz~~ Nr. [illegible]

vermietet an Herrn [illegible]

und dessen Gattin unter deren samtverbindlichen Haftung die Wohnung im Vorder- ~~Rück-~~ Gebäude

[illegible] Stock, ~~rechts~~ Mitte ~~links~~ bestehend aus [illegible] Zimmern, [illegible] Küche, – Kammer,

Bad (Anteil) nebst Keller- und Speicheranteil, unter folgenden Bedingungen:

§ 1. Die Miete beginnt am [illegible]

§ 2. Die Kündigung ist

Der Mietvertrag der Familie Sommer. Das Etagenbad mit Kohleofen teilten sich fünf Parteien.

Bei der Schinderbrücke

Heiß wie gekochte Eier sind die glattgeschliffenen Steine am Isarbadestrand bei der Brücke »el Schindar«. In der »Roßgumpen« wurlt es von Badenden wie in einem Hafen voll Nudelsuppe. Der Hackl Hanse riskiert gerade von der Staumauer herunter einen Hechterer, erhebt zuerst ein Mordsgeschrei, um die Aufmerksamkeit seiner Spezi und der Spaziergänger, die vom Brückengeländer aus zuschauen, zu erregen, und platscht dann mit einem schnalzenden »Baucherer« wie ein Bügelbrett auf den Wasserspiegel. Ein älterer Herr mit einem Sacktüchl auf dem Kopf betrachtet sinnend seine Zehen, den einzigen Punkt, den er wegen seines umfangreichen Äquators von seiner unteren Leibeshälfte noch sieht und geht dann feierlich wie ein Selbstmörder bis zu den Knien ins Wasser. In einem kleinen Seitenarm der Roßgumpen wird der »Schwumm« geübt, der Brustschwumm, der Seitenschwumm, der Totenschwumm und der Hundstapperer. Ein kleiner Bub mit einer gestreiften, unter den Armen befestigten Badehose hängt wie ein Angelköder an einer großen Pine-Apple-Büchse und treibt gelassen den gefährlichen Stromwirbeln zu. Schwer mit der ungewohnten Hitze ringend und heftig transpirierend sitzt bei einem Weidenstock die füllige Witwe Meisl in rosarotem Unterkleid und strickt. Auf den Betoneinfassungen des Flußufers liegen jene, denen es nie zu heiß sein kann, auf den Zentimeter genau im Brennwinkel des »Planeten«. Ihre Körper sind gesalbt mit geheimnisvollen Bräunungsmixturen, die dem Geruch nach aus Margarine, Haaröl, Streichwurst und Bohnerwachs bestehen müssen. Wenn es Abend wird, erscheinen Lehrlinge und Arbeiter, Büroangestellte und Verkäuferinnen am Gestade. Mundharmonikatöne kommen über das Wasser, und manchmal klingt ein glückliches Mädchenlachen aus dem sanft im Winde sich wiegenden Weidengebüsch herüber.

Wie jedes Jahr …

Für 9000 Münchner Achtklaßler ist einmal im Jahr der letzte Schultag. »Zwoatausend Schritt is mei Schuiweg lang, weil ma amoi an Aufsatz drüba ham macha müass'n«, sagt der Zinsl Schole, der bereits den Stimmbruch und einen semmelblassen Eisenbahner-Bart hat. Vorgestern gingen der Schole und seine Spezl zum letztenmal diesen Leidensweg, ohne zu ahnen, daß er in 50 Jahren als »Zinsl-Vadda« erkennen würde, so schlimm sei es damals mit dem Leiden doch nicht gewesen.

Mit seinem Hausschlüssel fährt der Schüler Zinsl wie an allen bisherigen 2000 Schultagen – blim blam blam blim – am Zaun der Margarinefabrik entlang, balanciert mit Seiltänzerschritten auf dem Randstein des Radlerweges, springt zum letzten Male nach dem untersten Ast des alten Kastanienbaumes an der Hydrantenkurve und verschwindet dann im »Eingang für Knaben«.

Achtunddreißig, nach Waschwasser und nackten Knien riechende Vierzehnjährige sitzen noch einmal beieinander im selben Klaßzimmer. »Webersberger, Scholz, Fuchs, Leinfelder – Lesebücher abliefern.« Der Lehrer hat auf einmal ein anderes Gesicht und ein verzeihendes Lächeln spielt, zusammen mit dem Wissen um den ewig gleichbleibenden Kollektiv-Undank der Schüler, um seinen Mund. Auf den abgewetzten Schulbänken und den Zinkdeckeln der Tintenfässer haben sich die eingekratzten Indianerstämme in den letzten zwei Jahren um einige Rothäute vermehrt und auf dem Schulzimmerplafond werden noch lange zwei dunkle Tintenflecken zu sehen sein. »De hod da Zaundä mit'n Linioi auffelass'n!«

Vier Buchsbaumbäume in Holzkübeln stellen die Offizianten bei jeder Schulschlußfeier auf das Vortragspodium. In der ersten Stuhlreihe sitzt der gesamte Lehrkörper der Schule und die Fräuleins haben aufgeregte Frisuren. Der Rektor im schwarzen Marengo-Anzug und mit väterlichen Augen redet mit leiser Plüschstimme zu den Buben vom Ernst des Lebens und dem Kampf ums Dasein. Dann steigt der Klassenerste, der Maler werden will und schon in den nächsten Ferien die Wohnung daheim weißeln wird, auf das Pult und liest aus lateinischer Bleistiftschrift den Dank der Klasse vor. Hernach kommt ein Violinsolo. Der Vortragende ist ein Bub, dem die kräftigen Hände weit aus den Sackl-Ärmeln hängen, weil des Jopperl längst zu klein ist. Er spielt auf einer Dreiviertelgeige das Lied »Abschied vom Vaterhaus« von Roderich Meier-Menzing. Die Buben stoßen sich gegenseitig mit den Ellenbogen an und sagen: »Sauba, da Schellerä!« Wie dann eine Schülerin der Mädchenklasse 8b ein Klavierstück spielt, grinsen die jugendlichen Zuhörer halblaut: »Ui, sie aa!«

Von der Wand herab schaut der Optiker Fraunhofer in Öl durch ein selbstgebautes Messingfernrohr auf die Schlußfeier hernieder.

Zum letzten Abschiednehmen läutet die Pauseglocke. Die Lehrer führen ihre Klassen in den Schulhof hinab. Dort stehen zwei Tische und achtzehn Stühle sowie der Photograph Poehlmann mit Stativ und schwarzem Tuch. Die Buben steigen auf die Tische und Stühle, die vordersten knien sich auf den Boden, der Lehrer sitzt in der Mitte. Wenn die fertigen Postkarten ins Haus geliefert werden, werden sie von den Müttern für eine Zeitlang in das linke Eck des Küchenkastenfensters gesteckt. Mit Bleistift haben sie ein Kreuz über den Kopf ihres Buben gezeichnet, damit sie ihn immer wieder gleich finden.

Nachdem der Lehrer unter den 38 verlegenen Händen auch die seines ehemaligen Schülers Zinsl gedrückt hat, geht der Schole, mit den Armen fuchtelnd, lachend und diskutierend auf dem bisherigen Schulweg heimwärts in seine zweite Jugend. Unter dem Brustbein hat er ein leichtes Drücken. Hinter dem Fenster des Klaßzimmers steht allein im hallenden Raum der Lehrer, schaut den entschwindenden Schülern nach und wischt seine Brille mit einem frischgebügelten Taschentuch ab, wie jedes Jahr an diesem Tag.

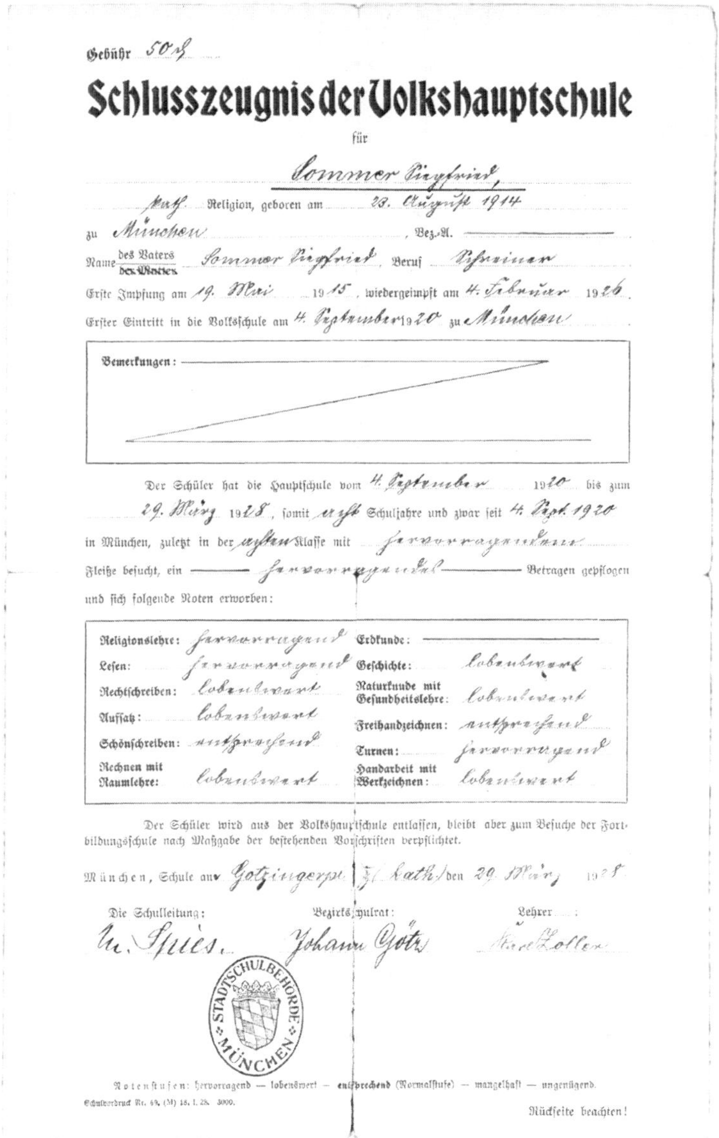

Gebühr 50 Pf

Schlusszeugnis der Volkshauptschule

für

Sommer Siegfried,

kath. Religion, geboren am 23. August 1914

zu München, Bez.-A.

Name des Vaters / der Mutter: Sommer Siegfried, Beruf: Schreiner

Erste Impfung am 19. Mai 1915, wiedergeimpft am 4. Februar 1926.

Erster Eintritt in die Volksschule am 4. September 1920 zu München

Bemerkungen: —

Der Schüler hat die Hauptschule vom 4. September 1920 bis zum 29. März 1928, somit acht Schuljahre und zwar seit 4. Sept. 1920 in München, zuletzt in der achten Klasse mit hervorragendem Fleiße besucht, ein hervorragendes Betragen gepflogen und sich folgende Noten erworben:

Religionslehre:	hervorragend	Erdkunde:	—
Lesen:	hervorragend	Geschichte:	lobenswert
Rechtschreiben:	lobenswert	Naturkunde mit Gesundheitslehre:	lobenswert
Aufsatz:	lobenswert	Freihandzeichnen:	entsprechend
Schönschreiben:	entsprechend	Turnen:	hervorragend
Rechnen mit Raumlehre:	lobenswert	Handarbeit mit Werkzeichnen:	lobenswert

Der Schüler wird aus der Volkshauptschule entlassen, bleibt aber zum Besuche der Fortbildungsschule nach Maßgabe der bestehenden Vorschriften verpflichtet.

München, Schule an Gotzingerpl. (kath.) den 29. März 1928

Die Schulleitung: M. Spies. Bezirksschulrat: Johann Götz Lehrer: Karl Zoller

STADTSCHULBEHÖRDE MÜNCHEN

Notenstufen: hervorragend — lobenswert — entsprechend (Normalstufe) — mangelhaft — ungenügend.

Schulvordruck Nr. 49. (M) 18. I. 28. 3000.

Rückseite beachten!

Das Abschlusszeugnis von Sigi Sommer 1928.

Blasius hat den falschen Beruf

Maledetto sakramento bancrotte«, jammern schwarzlockige Gestalten am Kontorhaus der Münchner Großmarkthalle. Sie schütteln einander voll Beileid die Hände, reißen die offenen Hemden an der Brust auseinander, als sollten sie geimpft werden und streicheln dann abschiednehmend ihre traumhaft schönen Limousinen. Diese Verzweifelten sind italienische Obstimporteure, sagt man zu Blasius und augenblicklich wie Maria Stuart »schön aber unglücklich«, denn die pomodori, die Tomatenpreise stürzen – oh, mamma mia – sie fallen, wie die Mädchen auf den grünen Wiesen von Santa Lucia. Unter den Klagerufen der signori bröckelt der Mörtel vom gelbgestrichenen Kontorhaussockel, und das Chrom der Autostoßstangen beschlägt sich von dem heißen Atem.

Wenige Meter von diesem Idyll sitzen Männer und Frauen mit kreuz und quer geflickten Arbeitsschürzen, die aussehen, als hätte sie van Gogh genäht und halten ihre schrundigen Wurzelhände vor sich hin. »Des san bloß Gelegenheitsarbeita«, sagt man zu Blasius. Freilich sind die auch beschäftigungslos, wenn in der Halle nichts geht, aber sie verlieren in der Stunde auch nur eine Mark fünfzig Pfennig Lohn; allerdings jammert dafür auch keiner von ihnen.

Drüben am Abstellgleis läuft gerade ein Waggon Gurken aus Italien ein. Blasius wird bei dieser Gelegenheit von einem offenherzigen und geständigen Großhändler über folgende bundesstaatliche Preispolitik unterrichtet. Ein Kilogramm Gurken kostet im Einkauf ab Erzeuger in Italien 6,3 Pfennig. Dazu kommen 14 Pfennig Fracht und Zoll und 2 Pfennig für Ausladen, Gewichtsverlust, Verderb und Sortieren. Dieses begreift Blasius. Was aber nimmermehr in sein einfältiges Spaziergängerhirn hineingeht, ist die weitere von Frankfurt aus angeordnete Steuer von 10 Pfennig pro Kilo Gurken sowie eine unergründliche Ab- und Zuschlagsgebühr, die bei jeder Feld- und Gartenfrucht verschieden hoch und vom Importeur von vornherein in den Bundessäckel zu bezahlen ist. Dieselbe beträgt für das

Gurkenkilo etwa 4,2 Pfennig. Gesamtpreis dieses Gurkensalates im Rohzustand also 36,5 Pfennig, das ist das Sechsfache dessen, was der italienische contadino für seine grünen Feldsalami kriegt. »Ein gesundes Verhältnis zwischen Produktion und Bürokratie!« stellt Blasius fest. Früher hieß es den »Zehenten abgeben«, aber damals im dunklen Mittelalter murrten die Gurkenesser und wußten dabei nicht, wie gut sie es hatten.

Wie der Spaziergänger die Waggonreihen entlangschnüffelt, sieht er einen Herrn mit Spitzbart, der seine gemütliche Nase in jeden Wagen steckt, eine Frucht aus den Behältern entnimmt und dieselbe mit dem Fernrohr anschaut. »Dies ist der Kontrolleur vom Pflanzenschutz«, erklärt man Blasius, »dea schaugt nach, daß koane Seuchen und Läus mit'n Obst eing'schleppt wean.« Blasius erkennt die Verantwortung und Gefährlichkeit dieses Berufes an und er versteht auch, daß die Pflanzenkommissionäre von jedem Obst eine große Tüte mitnehmen müssen, damit sie daheim das Pfirsichbeschauen üben können. Was der Spaziergänger aber wiederum nicht begreift, ist die Gebühr von 18,50 Mark, die für diese Kontrollhandlung verlangt wird. Blasius kommt nämlich dabei leicht auf einen Stundenlohn von 300 Mark für den Spitzbart, weil eine Besichtigung oft keine fünf Minuten dauert. Dieses nimmt sich also der Spaziergänger fest vor: wenn er wieder auf die Welt kommt, wird er Tomatenkriminaler.

Die 1912 eröffnete Städtische Großmarkthalle.

»SZ« besucht: Blasius

Er ist inzwischen zur Sagenfigur geworden und ob ihm das gut tut, ist noch nicht heraus. Hoffen wir, daß Blasius, das geistige Kind seines Vaters Siegfried Sommer, ihm nie über den Kopf wächst.

Ganz schlicht begann es. »Der Blasius ist ein Onkel von mir«, erzählt Siegfried Sommer, »der Onkel Ferdl. Im Grund is er ein gutmütiger Bursche gewesen. Bloß es hat ihm net g'schmeckt, wann er net schimpfen kenna hat!« Der Onkel Ferdl ging nach Schwabing, weil da seiner Meinung nach, das Suppengrün besser war. Und selbst wenn es verwelkt war, es war besser, basta! So begann Siegfried Sommer durch Ferdls Brille zu beobachten. »I geh hin, wohin i mag, wie ein Waldbauernbub.«

In aller Schlichtheit begann es, und zum »Blasiusismus« wuchs es sich aus. »Genau so tatn mo schreim, wann ma schreim kannt'n!« murmelt noch der hochkarätigste Urmünchner. Die Zugereisten (z. B. der Berichter) erfahren aus den Geschichten, wie weit sie sich schon akklimatisiert haben, und viele Leute leben ausschweifend von den Sprüchen des Blasius: »I heng dir 's Kreiz aus, oide Drauerweidn! Glei schraubm ma da an Kopf raus und verhaun da 's Gwind!« – »Wos hoid a unschuidigs Madl hergebm ko, wann 's sunst nix hod!« sagt mancher Mann mit Grabesstimme. Das »Mechst jetz du a Gaul sei, wannst recht reich warst?« wurde zum geflügelten Wort.

Wenn man heute über den Viktualienmarkt geht, denkt man manchmal, die Marktfrauen lesen heimlich nachts den Blasius und zitieren ihn dann am Tage. Blasius gehört nämlich zur ganz seltenen Gruppe der echten Beobachter. Wenn einer von denen, die schweigend eine halbe Stunde lang dem Auf und Ab einer Dampframme zuschauen, plötzlich erzählen und schreiben kann, ist man immer erstaunt, was er alles gesehen hat.

Siegfried Sommer schreibt seine Geschichteln meist unter großem Ächzen und Stöhnen, und hinter fünf gestrichenen Zeilen kann er eine Woche hertrauern, »weils grad das Beste war.«

Er ist ein großer, mitteljunger Mann und kann uralt und müde oder jung und übertrieben schön ausschauen. Wenn er im Münchner Teil der Zeitung sitzt, hört man seine gute Laune schon im Parterre. Seine Stimme und seine Geschichten dringen in jeden Winkel. Ein grantiger Urmünchner, der nur mit Anstrengung sein gutes Herz verstecken kann: Blasius geht durch die Stadt.

Haus der Kindheit

Das Haus unserer Kindheit, das wir nach 30 Jahren noch einmal aufsuchen, ist gichtbrüchig geworden. Auf dem grindigen Zementsockel über den Kellerfenstern steht, für die Ewigkeit eingeritzt: »Ich Esel muß alles lesen«. Im Hauseingang, der nach »Grimmiteigsupp'n« riecht, werden wir wieder zehn Jahre alt und drehen uns mit leisem Schreck nach der Hausmeisterin um, wenn wir die dunklen Abdrücke der nassen Gummibälle entdecken, die wir vor Jahrzehnten an die Wand schutzten. Beim Hausverwalter Haslinger öffnet nach zweimaligem Läuten der Beni und schaut mit marmorierter Pupille auf den Besucher. Der weiße Augenfleck stammt von einer Amateuraufführung des »Wilhelm Tell« im Rückgebäudehof. Der Beni mußte sich damals an die Teppichstange hinstellen und sagen: »Schiaß nur hera, Vadda, do is da Apfe«, worauf ihn der Pfeil vom Heppler Steffi ins Auge traf. Der Beni kommt zögernd und in Fleckerlhausschuhen aus der Wohnungstür, ist verlegen – und nur langsam zieht mit Frage und Antwort das Schicksalspanorama der Jugendfreunde und alter Nachbarn vorüber.

Der Haslinger Walter vom Parterre, der schon als Bub nach Italien wollte, kam wirklich in das Land seiner Kindersehnsucht, sogar etwas zu tief hinein, nämlich auf den Heldenfriedhof bei Cassino. Auch der Webersperger Franzl, der immer weinte, weil ihn die schwarzen, selbstgestrickten Strümpfe so bissen, braucht sich heute nicht mehr zu kratzen, weil er am Wolchow schläft. Im ersten Stock, beim Maurer Fuchs, der im Viertel das erste Schnauferl besaß, ist längst ein anderes Messingschild an der Tür. Gegenüber wohnte früher die lungenkranke Frau Schleich, die ihr Leben in einem Lehnstuhl auf dem grüngestrichenen Balkon aushustete. Eines Tages riefen wir ihr, wie alle Tage, vom Treppenhausfenster aus das »Grüaß Good« hinüber und als sie keine Antwort gab, liefen wir alle erschrocken in unsere Wohnungen. Nachmittags kam dann der schwarze Leichenwagen, an den sich der Mayer Gaggi mit seinen scheppernden Rollschuhen anhängte.

Im zweiten Stock wohnten die Niedermaiers, die eine extragestrichene Wohnungstür hatten und hochdeutsch sprachen. Der Sohn Bobbi hatte vor einem Vierteljahrhundert großes Ansehen, er konnte nämlich seine Nase in den Mund stecken. Die Niedermaiers sind später nach Guatemala ausgewandert, jetzt so was. Die kleine, zarte Steiner Meisi vom dritten Stock bekam als Pausebrot ein mit Apfelschnitzerl belegtes Eierweckel mit in die Schule. »Ja, de wohnt no da; de hat im Fuaßboitoto an Zwoifa g'habt, seitdem schpinnt's.« Der Rudi Unverdorben ist Schutzmann geworden. Mit Hilfe der Bischl Mädi hatte er einmal seinen Kopf durch die Treppenfenstergitter im vierten Stock gezwängt und dann nicht mehr herausgebracht, so daß der Spengler Seibold die Eisenstange absägen mußte.

»Naa, die Eisenbichlerin is no ned dod, de werd 100 Johr oid.« Die Eisenbichlerin: Wenn wir als Kinder in der Wohnküche Sprungübungen vom Tisch herunter machten, klopfte sie mit dem Besenstiel von unten herauf, und ihr Mann, der »Laddierl«, mußte bei uns läuten und um Ruhe bitten. Er tat es mit einem stummen Augenzwinkern und deutet bei seinem Protestvortrag nach unten, wo seine Frau an der angelehnten Tür horchte. Der Beni hört mit seiner Erzählung auf, weil jemand von der Küchentüre her zum Essen schreit. Über das Treppenhaus herunter kommt ein altes Weiberl mit Ringkämpferstiefeln. »Des is s'«, sagt der Beni rasch und verschwindet. Wir grüßen die Frau. »Grüaß Good, Herr!« sagt sie. Sie kennt uns gar nicht mehr.

Sigi Sommers Elternhaus, die Familie lebte im 3. Stock.

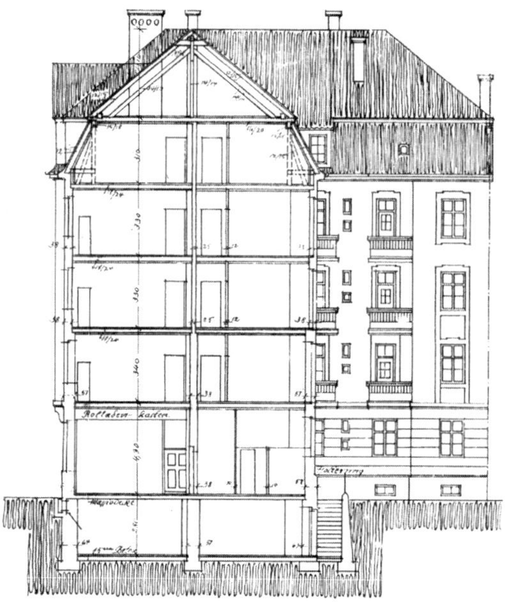

Im Hinterhof führten die Treppen zum Waschhaus hinunter.

Sigi Sommers Roman »Und keiner weint mir nach«

Eine Rezension von Christian Ude

Ein jeder richtiger Münchner hat brav die Kolumnen von »Blasius dem Spaziergänger« gelesen und deshalb auch eine ziemlich präzise Vorstellung, wie Sigi Sommers Kindheit verlaufen sein muss:

Die Buben haben im Hinterhof mit Schussern gespielt, als Indianerstamm Maikäfer in den Isarauen gejagt, den Altvorderen das abendliche Bier von der Gassenschenke geholt und außer dem spanischen Rohr des Herrn Lehrer eigentlich nichts gefürchtet auf der Welt. Mädchen konnte man an den Zöpfen ziehen. Später reizten sie mit Kussmund und heranwachsenden Brüsten zu noch schöneren Spielen. Sonnige Kindheit, Freuden und Wonnen der Vorstadtjugend. Oder so ähnlich.

Über diese Kindheit, diese Irrungen und Wirrungen der Pubertät, hat Sigi Sommer aber auch seinen Erstlingsroman geschrieben: »Und keiner weint mir nach«. Ein Erfolgsbuch, das verfilmt und in viele Sprachen übersetzt wurde.

Die heutige Lektüre rückt die mittlerweile etwas entglittene Erinnerung wieder zurecht. Das Buch ist ganz anders. Hart, herb und schonungslos. Keine Kindheitsidylle aus der guten alten Zeit. Keine chauvinistische »Hasen-Jagd«, wie sie der Vorstadtstenz später so oft besungen hat, sondern ein auswegloses Verzweifeln an der Lieblosigkeit. Kein Buch über Münchnerisches und Allzumünchnerisches – und wahrscheinlich gerade deshalb das beste Stück Literatur von Sigi Sommer. Bert Brecht nannte diesen Roman den besten der Nachkriegszeit.

Der Knie Leo, der Rupp Bubi, der Leer Biwi und die anderen Früchterl aus dem Altbau Mondstraße 46 spielen zwar im Hinterhof und in den Isarauen, aber wenn einem Buben beim »Wilhelm Tell«-Spielen das Auge ausgeschossen wird, dann hat das nichts von lieblicher Kindheit. Das Kleinbürgermilieu der Wirtsleute und Verkäuferinnen, Trambahnfahrer und Postschaffner wird auch nicht verklärt, sondern als »Wirsching Mief und Rindsfettgeranzel« geschildert, geprägt durch erstaunliche Niedertracht in öden Ehen und zwischen missgünstigen Nachbarn.

Am allerschlimmsten aber steht es um die Liebe. Der Gastwirt erwischt seine Frau in flagranti mit dem Bierfahrer, der daraufhin entsetzlich zugerichtet wird; Leos Lehrherr treibt es mit seiner Angestellten, die sich damit wiederum Gehaltserhöhungen erpresst und später auf den Strich geht; die beim Liebesspiel im Isargras ertappte Nachbarin zahlt den jugendlichen Arbeitslosen mit fünf Mark aus; und auch Marilli Kosemund, das schöne rothaarige Mädchen, das sich zum Flitscherl mausert, will den enttäuschten Leo mit milden Geldgaben entschädigen. Mit diesem Geld versucht er's bei Nutten, aber die wollen »kein Kind« als Kundschaft. »Nicht einmal eine Hure hat mich mögen. Nicht einmal für Geld.«

Da lernen wir die ganze Verletzlichkeit der vermeintlichen Vorstadtstenzen, der Möchtegern-Machos kennen. Besonders gilt das für Leo: »Er tat sich selbst so leid, wie ihm noch nie ein anderer Mensch leid getan hatte.« Leo fantasiert sich in verschiedene Rollen, um Eindruck zu schinden, weiß aber nicht, wie er selber ist. »Mein Gott, er war ja noch gar keiner. Nein, ein Halber war er. Ach nein, nicht einmal ein Halber war er ganz.«

In der kalten Gewissheit, dass ihm keiner nachweinen wird, nimmt er die tödliche Dosis von Tabletten seiner Oma. Bubi verschmort als Panzerschütze, Biwi stirbt beim Afrikafeldzug an Typhus. Eine betrogene Generation. Die einzigen politischen Zeilen des Buches erzählen, wie Vater Rupp, der brave Beamte, nach der Todesnachricht »vom Feld der Ehre« zum Hitler-Foto an der Wand hinaufzischt: »Du dreckiger Hund, du Hund, du Hund, du Hund!«

Brecht hatte schon recht mit seinem Lob. Der Roman bietet zwar keine umfassende Stadtansicht (die hat uns der Spaziergänger, Stadtindianer und Hinterhofpoet später in unzähligen einfühlsamen und kenntnisreichen, wenn auch oft beschönigenden Miniaturen beschert), aber authentische Portraits einer bösen alten Zeit, eines gar nicht malerischen Milieus und eines verzweiflungsvollen Lebensgefühls.

Meine 99 Bräute

(Romanauszug)

Das Mobiliar war schnell verstaut in unserem neuen Verlies, in dem es noch ungemein intensiv nach Hartwurst roch. Es war zuletzt ein Auslieferungslager für Touristenwurst gewesen, unser Appartement.

Die grelle Birne an der Decke grinste hell und frech, und an den Fenstern, die zur ebenen Erde in den Hof hinausgingen, waren keinerlei Vorhänge. Aber der Jonny brachte nun zuerst einmal seinen Schlafsarg in Auffangstellung. Wir hatten vorher mit einem Geldstück geknobelt, wer das Vorzimmer kriegen sollte und wer den Salon. Gleich groß waren ja beide. Aber der mit dem Salon mußte natürlich immer durch den Raum des anderen marschieren. Und das konnte schon schwierige Situationen ergeben.

Nun, der Jonny kriegte den Salon. Zum Ausgleich stand in meinem Turm ein alter, schräger Kanonenofen. Ich machte den Deckel auf und sah, daß er noch bis obenauf voll Prospekte und Reklamedrucksachen war. Na, die wurden gleich angezündet und rauchten so prächtig, daß wir uns eine Zeitlang nur mehr durch Zeichensprache verständigen konnten. Auf einmal war der Jonny weg. Ich stellte mich ans Fenster und sah durch die Scheibe in den dunklen Hof, und sah auf einmal wieder das weinende Gesicht meiner Mutter in der Scheibe. Da fing ich einfach zu singen an: I am feeling like a million … Das war alles, was ich in Englisch konnte. Es war aus der Broadway-Melodie.

Aber dann war der Jonny wieder da und grinste und trug ein Paket aus braunem Packpapier in der Hand und sagte: »Sie sehen jetzt der Welt bedeutendsten Innenarchitekten.«

Er machte das braune Paket auf, und drin war nichts wie ein Batzen gewöhnlicher Baukalk. Der Jonny nahm ein Stück Zeitung, drückte es zusammen, tauchte es in den Baukalk und begann, damit die blanken Hoffenster von innen zu betupfen. In der Tat, sie wurden weiß, schmierig und undurchsichtig. So ein Schlitzohr war der Jonny … Er tupfte auch noch die grelle Deckenlampe mit seiner Kalklösung an, und dabei sprang diese, und es wurde stockfinster.

»Moment mal«, sagte der Jonny, dem das wohl nichts ausmachte. Er stolperte in den Hof und war gleich wieder da mit einer Stiegenhauslampe. Na, das war aber ein erbärmliches Glühwürmchen.

Ich machte dann meinen Koffer auf, und ganz oben lag auch gleich ein Zettel von der Mutter. Viel Glück, Niki! stand darauf. Und darunter stand: Es ist keine Tür zugeschlagen.

Ich las das zweimal, und der Jonny las es wohl auch, als er über meine Schulter sah. Aber er sagte nichts. Und dann verbrannte ich schnell diese Anklageschrift …

So um acht wurde es lebendig in dem Hof. Und viele Leute, Mädchen und alte Männer, gingen durch den Hof in das anschließende Gebäude, das ein Versandhaus war. Gleich nachdem der Strom abgerissen war, schlüpfte der Jonny mit seiner Infanteriewaschgarnitur in den Hof zum Wasserhahn an der Mauer. Und wir wuschen uns und putzten die Zähne, und sahen uns an. Und ich begann nachher:

»Was nun, Jonny? Ich habe jetzt noch genau achtundneunzig Mücken. Was machen wir nun?«

Ich wollte die Entscheidung gerne dem »Husaren« überlassen, denn er war natürlich weitaus wacher in dieser Hinsicht. Er zog seine junge Stirne ein bißchen zu Wellblech, und dann entschied er:

»Hör mal, Nik, wir machen überall schön halbe-halbe, wenn's dir recht ist. Meinen Teil kriegst von mir zurück, wenn jetzt das Weihnachtsgeschäft kommt mit den Hirten und Lämmern. Was wir brauchen, ist für dich eine Liege. Eine alte Matratze, eine Decke, 'nen Spirituskocher, ein paar Töpfe und ein Firmenschild. Firmenschild muß schon sein wegen dem Verwalter. Dann möcht ich sagen, du deponierst beim Kolonialwarenfritzen an der Ecke und bei der Milchfrau ein paar Mark. Da holen wir dann Reis und Milch. Ganze Völkerstämme leben von Reis. Das ist eine prima Menage. Und Wurstgeruch haben wir sowieso, die ganze Bude voll. Was meinst?«

Ich mußte lachen über den Reisplan vom Jonny, aber das leuchtete mir schon ein. Und essen war ja auch gar nicht so wichtig. Ja, mit Achtzehn ist das noch nicht so wichtig. Denn mit Achtzehn heißt das Menü doch hauptsächlich: Liebe. Das ist klar und international.

»Und was hältst du denn von Fischen, Nik?« fragte der Jonny noch.

Ich sagte: »Wie meinst denn das, Konserven- oder Schellfisch, oder was denn?«

»Tschaperl«, sagte der Jonny. »Lebendige natürlich. Ein Aquarium, Mann, mein ich doch, mit so Zierfischen. Neonfischlein heißen die doch, und Schleierschwänze, glaub' ich. Sind ganz billig, die Dinger, und machen Mordsspaß. Mußt doch auch eine Ansprache haben. Und ich sag' dir, es gibt nichts Besseres wie einen Fisch als Haustier. Der macht sein blödes Maul nie auf, wenn du mit ihm diskutieren willst, und ist deshalb auch nie dagegen. Und was für 'ne Menge Arbeit du damit hast. Du mußt Fliegen fangen dafür und Sauerstoff ins Wasser pumpen. Und wenn du abends müde heimkommst in deinen Turm, dann ist da halt jemand da. Es ist schon eine ganze Menge wert, wenn du nicht allein bist.«

Diese Logik überzeugte mich und imponierte mir kolossal. Wir lachten uns beide an und schlugen uns auf die Schultern. Dann ging der Jonny Fische kaufen und einen gläsernen Zwinger dafür. Und ich ging zu den Trödlern wegen einer Matratze. Und dann zur Milchfrau, und ließ zehn Mark dort à conto. Und beim Krämer ließ ich auch zehn Mark für Reis.

»Aber nur Reis«, sagte ich zum Krämer. »Sie dürfen mir nichts anderes dafür geben.« Der Mann sah mich lange an. Dann nahm ich gleich einen Teil von meinem Reis mit ...

Als der Jonny kam, brachte er eine Freude mit: ein riesiges Einmachglas, in dem man sonst Johannisbeerwein ansetzt, ein Viertel voll Wasser, und darin schwamm ein halbes Dutzend kleiner Ungeheuer. Jesses, waren das aber komische Bastardchen. Ganz kleine Verreckerle waren diese Fischlein, die der Jonny da eingekauft hatte. Aber billig, wie er schnell erklärte. Sie waren aber auch wirklich billig gewesen! Und für den Preis, den mir mein Schicksalsgenosse nannte, konnte ich unmöglich Forellen verlangen. Fünf Stück waren es, und die schwammen hurtig im Kreis herum, und immer einer hinter dem anderen. Sie waren halb rot und halb schwarz, und schwammen auch manchmal nach oben.

»Die haben wir nicht lange«, meinte ich zum Jonny. »Die schwimmen mir zu komisch.«

Aber der lachte nur und stellte das Aquarium auf den Ofen. Es war ein schöner Flax. Und wir lachten ziemlich viel.

Nachher ging ich die erste Milch holen, und der Jonny ging zum Onkel und versprach, mittags zum Essen zu kommen. Zum Reisschlemmen. Ich setzte also den Spirituskocher in Betrieb und tat in den Topf, den ich auch schon morgens gekauft hatte, so ein halbes Kilo Reis und schüttete einen Liter Milch darüber. Dann rührte ich mit einem Span langsam um. Nun, ich hatte in meinem Leben schon allerhand Reis gegessen. Doch gekocht hatte ich den Reis noch nie. Als er deshalb nach einiger Zeit noch keine Umstände machte, so zu werden, wie ich ihn von Haus aus kannte, ging ich noch einmal zu dem Reishändler und faßte ein weiteres Kilo nach. Und dann kam mir der Gedanke, da muß vielleicht auch ein Backpulver hinein, in den Reis. Also nahm ich eins mit. Und ich heizte daheim wieder an und tat noch etwas Reis und auch das Backpulver hinein, etwa die Hälfte. Und rührte – und wartete.

Aber umsonst. Da drehte ich den Kocher auf halb, ging noch einmal zum Krämer und fragte um Rat. »Ja«, sagte jener und sah mich schon wieder so halbseiden an, »wenn Sie das alles reingetan haben, dann gehen Sie halt schnell mal heim und schauen sich Ihren Reis in der Milch an.«

Als ich heimkam, stand auch schon die Hausmeisterin im Hof und roch sichtbar mit der Nase nach meiner Türe hin. So einen viertel Meter hoch mag das tückische Zeug wohl gewesen sein, das ich vorfand und das aus dem Topf herausschaute, oben. Und als der Jonny zum Essen kam, da half er mir dann den Ofen abkratzen und auch den Kocher. Und wir sahen uns beide an und meinten, mit eigenem Herd wär das doch so eine Geschichte. Und der Jonny sagte nachher: »Mann, da muß eben eine her zum Kochen.«

»Da muß eine her«, sagte auch ich.

»Ein Kocherl muß her«, sagte der Jonny. »Ein kleiner Trampel, der Bescheid weiß. Da gibt's ne ganze Menge, die gerne für zwei alleinstehende Herren kochen würden. Und nicht nur das«, sagte der Jonny.

Und er bröselte noch etwas von der verhunzten Speise oben in den

Hals unseres Aquariums. Aber die fünf Fischlein machten gleich entsetzte Kurven drum herum.

»Wir werden uns heute abend gleich eine anlachen für den Haushalt«, sagte ich.

»Na klar«, sagte der Jonny. »Und was für eine!«

Einer geht fort

»Zerscht de Dodn«, sagt die Großmutter, als der Vater abends die Zeitung zum Vorlesen aufschlägt. Und er überfliegt die dunkelrahmigen Botschaften und liest »Grell Ferdinand, Eisenbahner, dreiundfünfzig«. »Walburga Stenzl, Rangiererswitwe, neunundsechzig«, »Kommerzienrat Michael Knut, einundachtzig«, »Wohlgemut Anton, Rentner, sechsundsiebzig«. »Hoit, wia, wos, geh, des gibt's doch gor net – les des no amoi.« »Anton Wohlgemut, sechsasiebzig«, wiederholt der Vorleser und fröstelt ein wenig. »Ja ja, do schteht's, des is scho da Done von Vierzehne vorna.« »Geh, vor vier Dog hob i'n doch no auf da Bank sitzn seng und hobn gfrogt, wia geht's denn, Herr Wohlgemut, hob i gsogt. Und nacha hod a glacht und hod Schpaßettl gmacht und gmoant: ›Gestern is's no ganga und heid vormittag bis auf mei Bank hera aa no.‹ Ja, hod's jetz den a so schnoi grissn!« Sie schauen sich an. Und die Oma fragt noch: »Was war a denn eigantli von Beruf?« Der Vater buchstabiert: »Ehemaliger Kalkulator.« »Jetz do schau«, sagt die Großmutter nicht ganz sicher. Und der vorlaute Enkel Hansi, der auch mitgelesen hat, meint: »Des is wahrscheinlich vadruckt, des muaß doch Kalkutta hoaßn.« Aber seine Leute passen gar nicht auf ihn auf und sagen bloß noch ein paarmal: »Ja ja, so schnoi konn's geh.«

Auf Hausnummer vierzehn hat er gewohnt, der Nachbar Wohlgemut. Dort ist er sogar geboren. Aber wer weiß das noch. Und dort hat er seine Schusserjugend und die Gigerl-Zeit verbracht. Dort der alte Hollerbaum im Hof hinten, der ist noch von ihm. Den hat er einmal selbst gepflanzt. Da ist auch noch das verblaßte Hinweisschild an der Speichertüre: »Dieser Raum darf mit offenem Licht nicht betreten werden.« Das »nicht« hat der Toni einst selber säuberlich ausgestrichen, mit einer Redisfeder. Das weiß jetzt niemand mehr. Doch halt, die Gicklin vom Parterre ist noch da. Und der Eisele Emil. Aber der ist schon lang im Spital. Und taub. Die anderen Gespielen seiner Kindheit sind alle weg.

Ja, das ist so. Wenn im Miethaus einer geht, trifft sich die ganze zinspflichtige Familie am Stiegengeländer. »Und so a guada Mensch war er«, sagt ausgerechnet die Himslin, die den Gestorbenen nie hat leiden mögen und sogar einmal einen »alten Krauterer« hieß. Die Himslin drückt das Gewissen schwer. Oiwei woid i's eahm song, daß i's damois gor net so gmoant hob, aber jetz is's z'schpät, brummelt sie. Man wird ihn schon vermissen, den Wohlgemut. Sein bescheidenes Kratzen unten auf dem Gitterrost, wenn er abends heimkam. Das hingesagte »'s God«. Wie er am blechernen Briefkasten fummelte, obwohl nie was drin war. »Und a so nett war a oiwei mit sein Millekibal!« Die Kinder erinnern sich auch. Oft hat er ihnen die Drallerschnur festgebunden. Und wenn ihnen vielleicht der Ball im Parterre beim Höger ins Fenster fiel – wer hat da angeläutet und augenzwinkernd gesagt, ihm sei das passiert? Der Wohlgemut-Vadder.

Und nach zwei Tagen, da holen sie ihn ab. Alles ist noch einmal versammelt. Die Hausmeisterin kann sogar ein bißchen in die leere Wohnung schauen, als sie ihn hinaustragen. Eine alte Hose mit den Hosenträgern hängt über einem braunen Stuhl und am Gasherd steht noch ein Haferl, aus dem ein Löffel schaut. Harras, der Schnauzel, schnuffelt in der Luft und versucht einen Heuler. Aber er kann es nicht mehr. »Der woaß jetz scho ois oda nix«, meint der Gaserer Stummbaum. Durch das magere Gesicht der Frau Eisenherz bahnt sich eine verkümmerte Träne einen Furchenweg. »Jetz im Herbst mecht i grod aa net schterm«, sagt der dicke Stöhr halb ernst. »I woaß net, do is so neblig, do hätt i Angst, daß a mi valaffad bis da auffi.« Man erinnert sich auch an den sanften Tod der Schmöllerin. Die war die vorletzte. Der Schlag traf sie im Schlaf. »Bei dera hätt's boid ghoaßn, de is aufgwacht und war dod«, sagte man damals. Aber jetzt schauen sich die Umstehenden gegenseitig an. Ein wenig bang, spekulierend, vortrittlassend. Bis die Hausmeisterin Keil meint: »Auf oamoi werd's hoid hoaßn, jetzt hod's de oide Keilin aa dawischt.« Da beeilen sich aber alle und sagen gleich: »Geh, Sie, Sie wern ja hundert Johr oid.«

Dann gehen sie wieder in ihre Wohnungen. »Der ist jetzt da, wo alle Straßen enden«, sagt der Trambahner Schneid auf hochdeutsch. Und ein jedes steckt das Sterbebild vom Anton Wohlgemut an das Küchenkastenfenster. »In unserer Erinnerung wird er immer weiterleben«, steht darauf. Nach einem Jahr kommt dann noch die Aufforderung zu einer Seelenmesse. Nach vier Jahren verirrt sich eine Wählerkarte an die Adresse des Dahingeschiedenen und nach zehn Jahren fragt die Friedhofverwaltung vergeblich an, ob jemand das Grab erneuern lassen will.

Noch etwas später, nach Jahr und Tag aber, wenn halt wieder einmal die grauen Wohnungstüren von der Hausverwaltung gestrichen werden, da kittet ein Maler namens Luft zwei kleine Löcher aus. In denen einst die Schrauben für das Namensschild »A. Wohlgemut« steckten.

Altes Namensschild der Großfamilie Sommer.

1958

Glück im Baaz

Das springende Mädchen mit den zwei dicken Bim-Bam-Zöpfen ist ganz aus Wasserfarbe. Und es hüpft von einem städtischen Plakat direkt in einen der vier Dutzend Kinderspielplätze hinein, die zu seinen Füßen aufnotiert sind. Dort kann es dann – wohlbehütet vom bösen Onkel mit dem roten Luftballon – an modernen Spielmaschinen und eisernen Bauchkitzelapparaten nach Herzenslust turnen und lachen. Oder Sandkuchen backen.

Ein riesiger knorriger Baumstamm, geschält und geschlängelt wie ein gewaltiges Reptil, räkelt sich im warmen Sand. Irgendein witziger Amateurbildhauer von der Stadtgärtnerei hat sein vorderes Ende zu einem Krokodilkopf geformt. Mit halboffenem Maul und hölzernen Sägezähnen. Und Klein Lisbeth gibt diesem Ungeheuer zu fressen. Sand, blaßgelben Isarsand. Mit der blauen Blechschaufel. Und sie tröstet den Alligator dabei: »Du nur brav essen. Das ist lauter gutes Sach. Und so gesund. Die Oma hat's gesagt.«

Am meisten umlagert ist ein eiserner Bomber zu Fuß, das Röhrengerippe einer Flugmaschine, die aussieht wie ein abgefieselter Delphin und fest im Boden verankert ist. Zwei Struwwelpeter-Buben haben sich ganz vorn in der Bugkanzel eingenistet. Der eine lenkt und der andere ist der Motor. »Bhrrr.« Wenn der Aeroplan nicht einzementiert wäre, müßten sie schon längst über dem Schlaraffenlande sein. Oder wenigstens hinter den sieben Bergen. Aber so viel der Hosen-Trä-Trä mit seinen zarten Bronchien auch Gas gibt. Sie kommen einfach nicht vom Fleck. Unten steht noch immer der lächelnde Opa mit dem Schnauzl Fünferl und winkt. Da stellt der Bordmonteur seinen Diesel ab und springt einfach hinaus aus dem starrköpfigen Amüsierklipper. Dann sagt er zu dem Bubenbomber verächtlich: »So a Gump.« Und der Fünferl kommt gelaufen, hebt das Bein und bestätigt es.

An der Hosenboden-Schleifmaschine geht es hoch her. Bäuchlings schlittert der rote Grollmus-Zampe den kleinen Tobogan hinab.

Dann rücklings und schließlich mit dem Kasere auf den Schultern. »Bäärig«, sagen die zwei und der Zampe greift sich hinten an die Textilien, ob sie's wohl noch einmal aushalten täten. Auch der Prinz Hosenvoll und Prinzessin Naseweis dürfen rutschen. Ein feiner älterer Herr hebt sie hinten auf den Startplatz und eine längsgestreifte Nurse fängt die blassen Lieblinge unten mit der Schürze wieder auf. Sie muß sich weit vorbücken dabei. Den zwei Königskindern gefällt das und sie lächeln schwach. Der alte Hagestolz dort auf der Bank auch. Aber aus einem anderen Grund.

Und überall ist Juchzen und helles Messinglachen und manchmal wohl auch ein singendes kleines Weinen, das irgendwo im milden Nachmittag versickert. »Turnt am Reck – fällt in Dreck – ist die Nase weg«, trällert die junge Mutter Silberstreit ihrem nudelköpfigen Kronprinzen vor. »Gehst weg von da Wippe – du Gribbe«, zürnt eine bruthennige Oma zum sommersprossigen Botsche hinüber, der Klein Ilsebill von der Baumschaukel verscheuchen will. Wie eine rosarote Kanonenkugel sitzt das Herzbinkerl auf dem Schwebebalken. »Wenn ma do jetzt fest draufhupfert, auf der andern Seitn, kannt man mit dem Butzerl direkt die Großmarkthalle beschiassn«, sinniert der Botsche. »Wia a Schleidamaschin im Mitteloida«.

Aber da, wo die kleine Insel des Friedens zu Ende geht, sitzen außerhalb der städtisch geregelten Kinderseligkeit Brüderchen und Schwesterchen aus der Mondstraße. Die Kleine mit dem Schmelzmargarinescheitel macht jetzt ein Kranzerl aus Gänseblümchen und setzt es auf. Dann singsangt sie dazu: »Schneeweißchen und Rosenrot, stich'st mir den Freier tot«. Dem jungen Stolz von der Au hängt hinten das »Hemadlampe« raus. Im Froschkönigsitz, schweigend und nasetröpfelnd, schuftet er als Architekt. »Um die Strömung abzuleiten«, wie es im Busento-Gedicht heißt. Bis sich das Rinnsal der angebohrten »Dreeg-Lagga« schlängelnd im Spielplatz verliert.

Und dann stapfen die zwei barfuß durch den erdig weichen Pfannenkuchenteig, der zurückbleibt. Mit herrlichem Wonnegefühl füllt er die Zehenlücken aus und tritt oben wieder zutage, fein, geschliffen und geschmeidig. Mutter Erde kitzelt ihre patschenden und lachenden Lieblinge zärtlich an den Fußsohlen. Denn Brüderchen und Schwesterchen finden das höchste Glück dieser Welt noch im Baaz.

Der beliebte Spielplatz mit Flieger in den Flaucheranlagen.

Blasius der Spaziergänger. Oktoberfest

Schon in jenen Tagen, als Blasius noch mit der Blechtrommel um den Christbaum herummarschierte, freute er sich aufs Oktoberfest mindestens genauso sehr wie aufs Christkindl. Und wenn auch der Herr Vater selig mit krampfhaft mürrischer Stimme mehrmals betonte: »Heier werds nix mit der Wies'n«, so hatte der winzige Spaziergänger längst entdeckt, daß der Herr Papa schon sorgfältig sein »Wiesenmesser«, seinen »Wiesenhut« und die fleckenunempfindliche »Wiesenhose« hergerichtet hatte. Als dann am Samstagnachmittag die Feierabendglocken von St. Margaret verklungen waren, sagte der alte Herr in grollendem Ton: »Also schaug hoid nacha, daß d' weitakimmst, du Hundsgribbi.« Und Jung Blasius schnappte sich den herabhängenden Zeigefinger seines Erzeugers und hinaus ging's mit der Fußtrambahn zur großen Karussell-Prärie.

Auf der Spitaler-Rennbahn, der ovalen Lindenallee um die Wies'n, saßen schon damals die alten Rentner und horchten erinnerungstrunken hinein in das Drehorgelgedudel. Ein unendlich müder Danke-schön-Himmel knisterte im lauen Spätsommerwind. Blau und brüchig wie die Seide des König-Ludwig-Bildes daheim, auf dem in Goldschrift zu lesen stand: »Dem Bayerland starbst Du zu früh, Dein treues Volk vergißt Dich nie.« Und der liebe Gott, der auch aus Sendling stammt, lächelte leise und die Alten auf der Bank auch, als ob sie alle zusammen sagen wollten: »Ich und du und Müllers Kuh – wir wissen es schon.«

Dann kamen die ersten Heringsbratereien in Sicht. Sie waren mit Föhrenboschen abgesteckt, hatten ein lächerliches Biergarterl um sich herum und der gebratene heiße Salzhering kostete gut und gern seine 15 Pfennig. Mit geübten Daumen zerlegte der Herr Papa diese Skagerrak-Forelle, und Blasius kriegte den ganzen Kopf zum Abfieseln. Kein einziges Wirtschaftswunderkind wird glauben, was am Kopf von so einem Handwerksburschen-Hai noch alles dran ist. Nachher hieß es: »Do, trink amoi Bürscherl, aba wisch da vorher s'Mai ob.« Und mit eingedrehten Fußspitzen und ebensolchen himmelwärts gerichteten Augen hing der frühe Zecher mit einer Inbrunst am Maßkrugrand, als wollte er sich daran das junge Leben nehmen. Bis ihm der rollende Baß in die Ohren drang, aus denen ihm fast das Märzenbier herauslief: »Hö, hö, hö, trinka hob i gsagt, aba net sauffa.«

Das war der offizielle Oktoberfestbummel. Nun aber ging Blasius am Mittwochnachmittag auch noch mit seinen Spezln hinaus. Und dazu gab's natürlich von daheim kein Geld. Da hieß es höchstens: »Kinder schaugts nur fest auf den Boden. Ihr glabts ja gar net, was d'Leit heit ois verliern.« Ein schwacher Trost, aber immerhin. So begann also schon Wochen vorher die Jagd nach dem Zehnerl. Radlaufpassen, Sachholen, Hasenfutterbrocken, Kegelaufsetzen, Zeitungenaustragen oder Windradlverkaufen, brachten manchmal ganz schöne Münz ein.

Wenn aber gar nichts ging, hatte der junge Schurke immer noch einen alten Trick auf Lager. Dann pflückte er nämlich auf der nahen Wiese eine Handvoll wilder Blumen, ging damit zur Großmutter und sagte: »Mein Herz ist klein, Großmutter soll recht glücklich sein.« Und er gratulierte ihr herzlich zum Geburtstag. Den sie allerdings schon im März hatte. Aber was weiß denn schon so ein kleiner Bub vom Kalender. Also gab's da fast immer ein Zwanzgerl.

Freund Lulu hatte einen ähnlichen Dreh. Er führte ganz einfach alte Leute über die Straße – ob sie sich sträubten oder nicht. Und der Lohn der guten Tat blieb nicht aus. Mit diesem Geld in der Hand standen sie dann lange vor all den Herrlichkeiten, bis sie die heiß gewordenen Fünferl endlich in klebrige Guatl-Freuden umwandelten.

Dann bettelten sie sich noch beim dicken Aberle einen Hendlkragen zum Abfieseln und nun gingen sie zu ihrem herrlichen Vorbild, dem Schiffschaukel-Florian.

Der Befehlshaber dieser Luftarmada war für die Generation von Blasius der wahrhafte Held des Rummelplatzes. Wenn er gut aufgelegt war, sang er zu den Schlagern von damals seinen eigenen Text: »Meinem Mädel aus Rom habe ich Wiener geschickt« zum Beispiel. Oder: »Das muß ein Stück vom Schimmel sein und nicht vom Schwein.« Der Flori war überall tätowiert. Auf dem rechten Arm hatte er eine Fregatte, und wenn er die Muskeln anspannte, blähten sich die Segel so sehr, als wollte das Schiff sofort in die Saragossasee fahren.

Jahrzehnte später traf Blasius den Florian noch einmal. Da saß er unter dem Eisenbahntunnel ganz nahe bei der Oktoberwiese und bettelte. Der rechte Ärmel seines Sakkos hing leer herab. Und da, wo einst das Segelschiff gewesen war, prangte ein schlampig aufgenähter Fleck. Seinen einstigen Bewunderer kannte der König der Schiffschaukel wohl längst nimmer. Denn er war betrunken und sah nicht einmal das große Bakschisch.

Nun ist der Platz bei der Unterführung auch schon wieder lange leer. Aber die Melodie von Lebenslust zu hohen Preisen wird auch dieses Jahr erklingen. Doch so sehr sich Blasius noch immer freut darauf und so schön es auch sicher wieder wird, einen kleinen wehmütigen Seufzer kann er nicht ganz unterdrücken: O Schaukelburschen-Herrlichkeit, wohin bist du entschwunden …

»Tschump-Kaiser-allerletzt«

Der alte Mann und die Schusser

Ein bißchen scheu dreht sich der alte Mann um, bevor er durch die Toreinfahrt den Innenhof des großen Arbeiter-Wohnblocks betritt. Dann schaut er zuerst prüfend an den Mauern hoch, sieht die verschnörkelten Miethaus-Kanzeln mit den aufgehängten Fußbadewanndeln und den frisch aufgestellten Kapuzinerkisteln und ist schon wieder ein bisserl daheim. Dort, den borstigen Hollerbusch, den gab es schon in seiner Jugend. Und auch das Eisengeländer, das zum Waschhaus hinunterführt, ist ihm noch als Tobbogan seiner armseligen Kindheit in Erinnerung.

Das also, diese kleine traurige Rückgebäudewelt, war einmal das geliebte Paradies hinter den sieben Bergen. Da hat er zum ersten Mal Fangermanndl gespielt und Verstecken, Ringelreihen und Schneider leich ma dei Schaar. Und plötzlich stehen auch die Gestalten seiner herrlichen Barfußtage wieder auf: die Niederleitner Leni, sommersprossig wie ein Streuselkuchen; der kleine Mutschi mit dem kurzen Fuß und der eisernen Gehmaschine; Lullu Abendrot, der Kartoffel-Lullu, der zu allen Unternehmungen als Wegzehrung einen faustgroßen kalten Erdapfel mitbrachte; und seine eigene Schwester Emma, die ihn immer und überall kämmen wollte; und endlich der »Katze«, des Hausmeisters jüngster und verwahrloster Sproß.

»Drüben im Caroler See, wo die Fischlein schwimmen«, hört sich der alte Mann jetzt aus dem Vorgestern mit dünner Messingstimme singen. Und leise plappert er einen der vielen Auszählverse nach, die seine Schwester fast alle kannte: »Kaiser, König, Edelmann, Bürger, Bauer, Bettelmann.« Ach, und wie war das gleich gewesen mit der schwarzen Köchin. Ja freilich, jetzt fiel es ihm wieder ein: »Dreimal muß ich rummarschieren, 's vierte Mal den Kopf verlieren, 's fünfte Mal komm mit.«

Wenn das Wetter schlecht war und der Himmel leise über die bösen kleinen Kinder weinte, wie die Großmutter immer sagte, spielten sie in der kahlen Tordurchfahrt, wo leere Bierfässer und der Obstkarren des Kolonialwarenhändlers Beißbart standen. »Himmel und Hölle« oder »Häuselhupfen«. Auch Ballschutzen durfte er manchmal mit den Mädchen. Die Lene konnte das am besten. Durch die Arme, rückwärts über den Kopf und auch durch ihre dünnen Spatzenwadeln hindurch.

»Oans, zwoa, drei für miii!« hört er den Kartoffel-Lullu wieder schreien beim Anschlagen. Obwohl der doch schon mindestens zwanzig Jahre tot ist. Er war auf eine Mine gelaufen, soviel der alte Mann wußte. Und auch das garstige Ziehen an seinen jungen Schläfenhaaren meint er noch zu verspüren. Wo ihn doch der Hilfslehrer Gaul einmal erwischte, als er das Versteckerlverserl hinausbrüllte: »Zehn, zwanzg, dreißg, der Igel sch...« Ach ja, weh hat's wahrscheinlich getan. Aber schön war's doch.

Das Allerschönste aber war dann immer die Schusserzeit. Wenn die gute Erde wieder weich wurde in den Hinterhöfen. Da stellte dann die Milchfrau Eisenbichler mitten in die Auslage neben das schlafende Katzerl einen irdenen Weidling voll Schusser hinein. Herrliche, nagelneue, rote, blaue und gar ein paar silberne waren da drin. Und wenn sie der Mama vielleicht einen Pfennig nicht herausgeben konnte, zwinkerte sie ein bisserl mit den kurzsichtigen Augen und fragte, ob's nicht drei Schusser sein dürften. Leise seufzend nickte die gute Mutsch halt dann.

Der kleine Mutschi hatte den schönsten aller Murmeln, den es überhaupt gab. Einen Glasschusser, in dem ein kleines weißes Schaf innen drin war. Aber er durfte ihn nicht verspielen. Sein Papa überwachte das selber. »Tschump – Kaiser – allerletzt« hieß das Losungswort, das jedesmal die Saison eröffnete. Und keine Seligkeit der Welt war mit der zu vergleichen, wenn die letzte der rollenden Zauberkugeln am Kacherlrand zögerte, dann hoch hineinplumpste und die kleine schmutzige Bubenhand die gewonnenen Schätze herausnehmen durfte.

»He Sie, wos teans denn do?« – Der alte Mann in dem fremden Hof erschrickt nicht wenig, als ihn vom Stiegenhausfenster eine fremde Stimme anruft. Und wie ein ertappter Dieb schaut er auf das, was er angestellt hat. Das kleine flache Loch, das er vollkommen verträumt mit dem Stiefelabsatz in den Boden wetzte. Nun nix wie weg. Durch die Torfahrt ums Hauseck und dann noch ein paar verlegene Schritte gelaufen.

Der Hausmeister aber, der ihn anrief, steht nun selber eine Zeitlang vor der lächerlichen Mulde und murmelt dann: »Is ja vui z'flach des Kacherl. Da hupft ja a jeda Schussa wieda raus.« Gerade will er es selber ein bißchen tiefer machen, da hört er das bekannte Organ, das so sehr an eine Eisensäge erinnert: »Jooseef.«

Er weiß, es ist Zeit zum Essen. Und er scheucht die Vergangenheit rasch weg und folgt der harten, nüchternen Stimme der Gegenwart.

Maikäfer flieg

Unter den ersten Liedern, die der fabrikneue deutsche Erdenbürger von seinen liebenden Eltern vorgesungen kriegt, ist auch das heimlich-naive Poem vom fliegenden Maikäfer, das dann mit dem schaurig wahrgewordenen Vers schließt »Pommerland ist abgebrannt«. Woher die Popularität dieses kleinen, unschuldigen Brummers kommt, kann niemand genau sagen. Aber schon Wilhelm Busch behauptet in seinen Reimen fest und steif, »Jeder weiß, was so ein Mai-Käfer für ein Vogel sei«. Jedenfalls sind die braunen, drolligen Burschen schon in der Postkutschenzeit ein beliebter Frühjahrskamerad unserer Großeltern gewesen. Sozusagen der Hund des ganz kleinen Mannes. Wenn sie auch nicht bellen können oder gar mit dem Schweife wedeln.

Ein Maikäfer mit echtem Persönlichkeitswert muß vom Besitzer eigenhändig gefangen werden. Denn wenn ihn blasse Herrschaftskinder, die bekanntlich alles haben müssen, nur von einem wieselhaarigen Vorstadtlederstrumpf kaufen, so besteht einfach kein richtiger Kontakt zwischen Herr und Haustier. Äußerstenfalls darf vielleicht ein Jungtier zur Vervollständigung des eigenen Gestüts noch gegen ein anderes eingetauscht werden.

Denn zu einer kompletten Maikäferfarm gehören zuvorderst eine Anzahl Manndl, die man an den langen Fühlern erkennt. Ferner die gleiche Menge Weiberl, deren winziges Gehörn etwas kürzer ist. Und außerdem zwei bis drei »Kaminkehrer«, ausgezeichnet mit einem pechschwarzen Nackenschild, zwei »Bäcker«, die ein mehliges Genick aufweisen, und wenn möglich auch noch ein »Türke« oder »Pascha«. Diese sehr selten vorkommenden Schwirrmaschinchen haben am Flügelansatz ein knallrotes Wappen, ähnlich wie es manche vornehme Inder auf der Stirne tragen. »Türken« werden im allgemeinen im Verhältnis von eins zu zehn an den zugelassenen Käferbörsen gehandelt.

Die Maikäferpirsch beginnt bei den erfahrenen Weidmännern

manchmal bereits im frühen April. Und zwar stöbern diese Wilderer den kleinen Wicht schon im Winterschlaf auf, indem sie auf Wiesen und leider auch in den Anlagen den Rasen vorsichtig abheben, um den traumtrunkenen »süßen Vogel der Jugend« mit sanfter Gewalt in ihre Zigarrnschachtel umzuquartieren.

Diese Art der Hatz ist aber genauso verfemt wie das Schwammerlsuchen unter dem Moos. Später dann, wenn die armdicken Bäumchen im Englischen Garten und in den Isarauen ihre ersten zarten Blätter tragen, werden sie von rauhen Bubenhänden kräftig geschüttelt. Denn in ihren Zweigen nimmt der begehrte Braunkittel meistens den Lunch ein. Der geübte Safarimann weiß aber, daß er nach dem Purzeln und schwerem Aufplumpsen der Beute noch eine Zeitlang warten muß, damit er die Früchte seiner Leidenschaft auch entdeckt. Denn die erste Minute bleiben die abgeschüttelten Duckmäuser noch mäuschenstill zwischen altem Laub liegen und stellen sich tot. Erst dann versuchen sie, aus der Bauchlage wieder auf alle Sechse zu kommen und verraten so ihren Liegeplatz durch die entstehende Zappelei.

Am schönsten aber ist das Maikäfertreiben abends, wenn sie zu ganzen Staffeln aufsteigen, um die mondgelben Laternen im Sturzflug anzugreifen. Da kauert der Jungmann dann tief in der Hocke und späht über die Prärie, denn so sieht er das edle Wild schon im ersten Anflugsmeter aufsteigen. Mit geschwungenem Sackl gehts nun drauf los. Und ist es dem Jäger gelungen, einen Liliput-Bomber aus den lauen Lüften herunterzuangeln, wirft er sich mit seinen ganzen 45 Pfund Lebendgewicht auf die Beute. Die sorgsam zwischen den Falten des Kittels herausgeangelt und dann zuerst einmal unter leisem Erschauern in der warmen Hand gehalten wird. Manche Weidmänner allerdings ersparen sich diese Treibjagd auch, indem sie nur geduldig unter Laternen und Bogenlampen warten, bis sich die dummen Adler der Dämmerung ihren Kopf an den trügerischen Sonnen eingerannt haben und dann benommen zur Erde fallen.

In der Gefangenschaft wird der Maikäfer zwar meistens sehr liebevoll gepflegt, und vor allen Dingen ist er in seinem Verlies sicher vor dem gelben Schnabel der Amsel. Aber über die Ernährungsweise der leise dahindämmernden Frühlingsboten bestehen doch immer noch größere Unstimmigkeiten. Laugenbretzen, Pfefferminzbonbon oder Kaugummi müssen jedenfalls glattweg abgelehnt werden. Auch die weit verbreitete Meinung, daß die leuchtenden Kerzen der Kastanie ein Maikäferdasein etwas erhellen würden, ist falsch. Wenn der Gevatter Brummbach überhaupt etwas frißt in dieser Übergangszeit, dann höchstens junge Lindenblätter. Und davon auch keinen Arm voll, sondern täglich vielleicht zwei.

Das Ende eines gefangenen Maikäfers ist fast immer ebenso tragisch wie banal. Denn wenn ihn nicht eine gute Mutterhand eines Tages wieder an die Luft setzt, so wird er in seinem Behelfsheim einfach vergessen. Und erst nach Wochen wieder zufällig entdeckt. Und da liegt er dann brav und mit gefalteten Füßen in der immer noch stark riechenden Seifenschachtel. Immerhin aber starb er mit dem Duft von Sauberkeit und Frische.

Am Waffelbruch-Palast

Mit weißer Batzerlfarbe hat irgendein längst vergessener Künstler das seltsame Wort »Trinkhalle« über das Standl am Heimgarten-Eck geschrieben. Obwohl außer der Witwe Walburga Wampach höchstens noch der Rest eines milden Nachmittags in dem grünen Schilderhäuschen Platz hat. Ein riesiger alter Hollerbusch hält schützend seine Hand über den morschen Waffelbruch-Palast. Und ein gutmütiger alter Oberinspektor. Denn der Platz, an dem das Guatlstandl steht, ist städtisch. Und könnte deshalb mühelos und »ohne Angabe von Gründen«, wie es in dem zahngelben Magistratsschreiben von anno dazumal heißt, auch gekündigt werden.

Die Wampachin mit ihrem Limonaden-Kiosk hat die schönen Tage von Aranjuez längst hinter sich. Ja, einst im Mai. Da war das anders. Da trafen sich die Halbwüchsigen oder, wie sie im Volksmund seinerzeit auch genannt wurden, die »Zigaretten-Bürscherl«, immer nur bei der Walburga. Das Geschäft ging natürlich schon vormittags an. In der warmen Sommerzeit wenigstens, wenn die recht mollige Kriegerwitwe in einer hölzernen Eismaschine ihr »Gefrorenes« ausrührte. Selber mit der Hand und sieben Eiern drin. Und im splitternden Waffelschiffchen an die kleine Fünferlkundschaft verkaufte.

Auch die Maurer, die fast drei Jahre an das große Schulhaus hinbauten, waren sichere und gute Gäste. »Spreizn« holten sie sich, Zigaretten, Stumpen und den Krüllschnitt mit dem Jagerloislkopf auf der roten Packung. Das Flaschenbier durfte sie leider nie führen. Nur Limo. Genau gesagt, »Kracherl«. Grün mit Waldmeistergeschmack und rote, die nach Himbeer schmeckte. Freilich, »leicht gefärbt« stand auf den Etiketten. Das war aber auch leicht übertrieben. Denn das Himbeer-Kracherl war so rot wie die Feiertage im Kalender. Ganz klein war auch noch zu lesen: »Mit Sacharin hergestellt.« Aber das störte die Kundschaft kaum. Denn die Buben und die Madeln, die sie verlangten, kauften sie hauptsächlich, weil sie einen so interessanten Verschluß hatten. Runde Glaskugeln steckten nämlich in den Flaschenhälsen. Und wenn man die hineindrückte, krachte es laut und fröhlich. Wovon ja auch das »Kracherl« seinen Namen hatte.

Im Winter machte die Wampachin außerdem noch einen heißen Punsch. Um ein Fünferl. Aus einer geheimnisvollen Essenz und kochendem Wasser, das immer auf dem kleinen Kanonenöferl stand. Das beste daran aber waren die dicken Kelchgläser, in denen er ausgeschenkt wurde. Die waren noch dicker wie die starken Steingut-Tassen, und niemals hatte sich deshalb auch ein Schneeräumer, die in der Hauptsache kamen, die Lippen daran verbrannt. Nein, soviel sie wußte, nie.

Aber am liebsten war es ihr halt doch immer am Abend. Da standen sie herum um die Wampachin und ihren Minzenkugel-Silo wie eine richtige warme Familie. Nun, die Beträge, welche die jungen Dandys investierten, waren allerdings keine Sensation, aber die Standlfrau bekam halt doch fast jedes Zehnerl von den jungen Leuten. »Wampachin, fahr a Ripp'n Schoklad her« sagten die einen. Und die anderen forderten: »Sechs Stangerl locker.« Damit meinten sie Zigaretten lose aus der Packung, und vielleicht auch noch die leere Blechschachtel einer teuren Luxusmarke dazu. Alle durften die Witwe duzen, wenn sie einmal älter als dreizehn waren. Sie selber lehnte sich bei diesen Feierabendpartys mit aufgestützten Ellenbogen gerne und zufrieden beim winzigen Schalterfenster hinaus. Und hörte die Sprüche der Heranwachsenden und ihren geringschätzigen Räuberheftl-Slang. »Dua di fei beherrsch'n, Feri, sonst schraub' i da an Kopf raus und verhau dir 's Gwind.« Oder: »Freili, bist du da Höchste, Waggi. Aba bloß, wenns d' vom viert'n Stock obaschaugst.« Ach ja.

Heute kommt von denen längst keiner mehr. Verzogen sind sie in andere Straßen und Städte. Verheiratet, verschollen, gefallen.

Aber noch immer steht der schiefe Kaugummi-Salon am gleichen Fleck. Und das Geschäft geht auch noch ganz ordentlich. Mein Gott, die Kinder kriegen ja heute schon alle ihr regelmäßiges Taschengeld. Fufzgerl und Markl legen sie auf den gläsernen Zahlteller. Einen »Zwoaring« kennt ja fast kein Mensch mehr. Den Wert des Geldes, so meint die Witwe Wampach, hat die heutige Jugend ja längst vergessen. Sie seufzt ein wenig traurig und ein bißchen müde. Als wollte sie damit sagen: Und eines Tages hat man halt auch das grüne Guatl-Standl und die alte Wampachin vergessen.

Am Schäserl-Strand

Sechsunddreißig, neunundvierzig, nein dreiundfünfzig Autos, kleine Leukoplast-Bomber und Benzin-Schäserl stehen an schönen Tagen droben am grünen Gestade der Floßlände. Und werden gewaschen. Die blechernen Kinder von Gottfried Daimler. Pferdestärken in der Schwemme. Und das schleppt Wasser und fummelt und bürstelt und klopft. Ganze Clans und Sippen stürzen sich mit dem gelben Flimmern des Reinigungsfimmels in den Augen über die wehrlosen Diesel-Rösser und Gasolin-Kühe her. Sie wetteifern alle im edlen Bestreben des Polierens, Stöberns und Entrümpelns. Bis ihre fahrbaren Untersätze wieder blitzen wie das Auge eines Zeitschriftenvertreters, der soeben einen Barauftrag gemacht hat.

Weil aber das Waschen der Wagen direkt am Ufer des Kanals verboten ist, da derselbe wenige hundert Meter weiter ins Maria-Einsiedel-Bad fließt, um die Erhitzten und Erschöpften zu kühlen, muß das Aqua kübelweise zum Vehikel getragen werden. Diese mindere Arbeit verrichten meist die zahlreichen Bambinos. Die nebenbei auch zusammen mit den ebenfalls anwesenden unentbehrlichen Dackeln und Schnauzln für die akustische Kulisse sorgen. Die Mütter wiederum werden größtenteils auf die Polster und die Innenausstattung angesetzt. Während das Haupt der Familie hauptsächlich für die Außenhaut und den technischen Teil verantwortlich zeichnet.

Also kommen zuerst einmal die Sitze heraus, welche die Frau Mama am nahen Waldrand mit einer rasch und widerrechtlich geschnittenen Haselgerte schonungslos verprügelt. Staub steigt in meterhohen Pilzen auf und langsam färbt sich das gerötete Gesicht der braven Ehefrau grau. Nachher verschwindet sie mit ihrem Oberteil schnaufend im Innern der kleinen Ausflugs-Arche, wobei meistens nur mehr das Heck der tüchtigen Beifahrerin und ein Teil ihres blaßroten Unterrocks sichtbar bleiben. Bis sich die sonst so geduldige und vernünftige Lebensgefährtin plötzlich wie ein zürnender Gabriel vor dem Herrn Gemahl aufbaut und ihm eine fremde Haarspange drohend unter die Nase hält. Genau vorne zwischen der Handbremse hat sich dieses Corpus delicti gefunden. Eine Überführung des Missetäters gelingt ihr jedoch trotz des erdrückenden Indizienbeweises nicht. Weil der Papa mit reiner Stirn behauptet, er kann sich überhaupt nicht erklären, von welchem Kopf dieser komische Mähnenhalter stamme. Es sei denn, er wäre vielleicht vom Verteilerkopf des Motors heruntergefallen.

Schweigsam, lauernd und alt schaut der Hilfsveterinär Wirbelgeis den winzigen Saububen an, der auf seinen vorsintflutlichen Asphalt-Saurier deutet und ein Verserl dazu aufsagt, das unmöglich von ihm selber stammen kann: »A bisserl Blech, a bisserl Lack. Fertig ist der Hanomag.« Gott sei Dank, daß sein Landstraßen-Patriarch wenigstens nur ein alter Ford ist. Aber auch für den schönen neuen Zweitakter weiter vorne, weiß der kleine Witzbold einen Slogan. Er betrachtet zuerst sinnend das Firmenzeichen und zitiert dann frech spöttisch und nach einem Fluchtweg spähend: »Dekaweh, steig aus und geh.« Sicher handelt es sich bei dem Liliput-Störenfried um einen bezahlten Sendling einer ausländischen Konkurrenzfirma.

Und sie scheuern und schuften und schwitzen und schmirgeln. Mit den Resten aufgerauhter Mako-Unterhosen aus Ägypten und englischen Patentmixturen. Mit alten Wehrmachtssocken und ehemaligen Rheumatismus-Binden. Sie arbeiten keuchend mit Rostentferner und Bohnerwachs und Spucke. So lange, bis endlich das Zinkblech durch den heißpolierten Kunstharz-Überzug durchzuschimmern beginnt.

Und dann stehen sie trotz der drei abgerissenen Fingernägel der Frau Mutter, des hinterrücks geplatzten Hosenbundes vom Fahrzeughalter und der bereits wieder vertrockneten Tränen vom jüngsten Sprößling, der sich die kleinen Fingerlinge in den Kofferraumdeckel zwickte, glücklich vor vollbrachtem Werk und spiegeln ihre zufriedenen Gesichter im strahlenden Glanz der aufgeschwänzten Kotflügel. Und wenn sie dann ganz fix und fertig sind und mit dem Gefühl von Sauberkeit und Frische in die funkelnde Reisekabine geklettert sind, und der stolze Vater auf den Anlasser gedrückt hat, dann fängt es bestimmt im gleichen Augenblick an zu regnen.

Am Arbeitslosenlido

Diesen Namen erhielt das Stück »Isarufer« von der Marienklause bis zur Fraunhoferbrücke in jener grauen Vorzeit, als es in München mehr wie hunderttausend Beschäftigungslose gab. Die »Stempel«- und »Woiferl«brüder hieß man sie. Je nachdem ob sie ihre magere Unterstützung in der Schwielenbörse an der Thalkirchner Straße abholten oder im Almosenpalast, dem Städtischen Wohlfahrtsamt.

Damals also war der Faulenzergrill vom ersten blinzelnden Sonnenstrahl bis tief in die Nacht hinein, in der auf den Kiesbänken im Flußbett auch noch viele Lagerfeuer brannten, immer dicht bevölkert. Als dann die glückhafte Zeit für die Sonnenjünger zu Ende ging und sie ihren geliebten Strand mit den Baustellen der Autobahnen vertauschen mußten, war der schwarzgelbe Copacabana zwölf Jahre lang fast verwaist. Doch im letzten Jahrzehnt hat besonders die Jugend das kleine Weidenparadies bei Hellabrunn und der hölzernen Brücke »El-Schin-dar« wieder aufs neue entdeckt. Freilich ist der Fluß nicht so zahm und gepflegt wie das Wasser der städtischen Familienbäder. Aber es ist halt auch kein lästiger Bademeister da, der das Fußballspiel oder das »Platschgen« mit den flachen Kiesbettsteinen verbietet. Und außerdem finden die letzten Großstadtmohikaner in den Hochwasserdschungeln noch ein winziges Restchen Abenteuer, und wenn sie auch nur ein bebrütetes Wildentennest entdecken oder am tiefen Kanal drüben eine Wasserratte, die mit tückischem Blick schnell ins Schilf flüchtet.

Drum sind an den Tagen, an denen es der liebe Gott gut meint mit den Söhnen der Sonne, die kleinen grünen Nester in den Uferbüschen sorgsam mit alten Decken ausgelegt und auch die Flußböschungen, die seltsamerweise aus den geborstenen Marmorsteinen des nahen Friedhofes gemauert wurden, immer restlos besetzt.

Meistens stammen die Goldbarsche in den Dreieck-Badehosen aus den flußnahen Vorstädten Sendling, der Glockenbachgegend, dem unverwüstlichen Giesing oder der immer noch nicht ganz unverworfenen Brudermühlstraße. Junge Schichtarbeiter sind es, krankgeschriebene Monteure, Verkäuferinnen, die ihren freien Nachmittag haben, aber auch ganze Familien, die ihren kleinen Urlaub lieber an der grünen Isar verbringen als am versalzenen Busen der Adria.

Und wenn die Steine heiß sind wie gekochte Eier, dann liegen sie da und bruzzeln leise vor sich hin. Eingesalbt mit den seltsamsten Spezialmixturen, die dem Geruch nach aus alter Kalbsleberstreichwurst und Bohnerwachs bestehen könnten. In den kleinen Gumpen und Wässerlein fangen indes die Buben kommagroße Fischerl. Mit dem einzigen Paar Linksgewebten der Schwester. Sie haben die Strümpfe am Saum auf einen runden Drahtring gefädelt und pirschen sich lautlos an ihre Beute heran. Oder sie bauen Kiesdämme und erfinden raffinierte Bewässerungssysteme, die sie bis zum schlafenden Onkel Toni hinleiten.

Im Schatten der Büsche aber sitzen die Mütter, lesen, stricken oder ratschen, den Rock züchtig bis über die Knie emporgeschoben, und mit den gequälten Zehen treiben sie bescheidene Gymnastik. Trotz des Badebetriebes lassen daneben die Petrijünger keineswegs alle Hoffnung fahren, nein, sie waschen ihre Schnürl in unverbesserlichem Optimismus geduldig in den aufgewühlten Fluten, in denen sogar hin und wieder ein daumenlanges Sardinchen bäuchlings blitzt wie ein weggeworfener silberner Teelöffel. Dies ermuntert sie stets aufs neue den guten Emmentaler Käse an ihre Widerhaken zu spießen, statt ihn lieber selber zu essen.

Und die Isartaucher sind unterwegs. An den Füßen riesige Hans-Hass-Flossen, die grauen Piccard-Brillen auf den Wimmerlstirnen und den Schnorchel zwischen den Milchzahnkiefern. So ergründen sie das Abgründige des kichernden Flusses und finden manche Schätze, wie die Teile eines Bruchbandes oder einen funkelnden Edelstein, der sich allerdings bei näherer Betrachtung als abgeschliffener Flaschenscherben erweist.

Am kühlen Abend, wenn dann die Sonne im Wolkenfutteral verschwunden ist wie die goldene Taschenuhr im »Schilä«, kommen aus der Stadt auch noch lufthungrige Büroangestellte, Spaziergänger und junge Liebesleute. Und während die Zwiebackverkäuferin Lisbeth Lustig mit ihrem Hans-Jochen tuschelnd und flüsternd in dämmrigen Laubenwegen lustwandelt, zieht der müde Junggeselle Grämlich lediglich seine heißen Boxkalfstiefel aus. Und er nimmt mit einem winzigen Seufzer ein kleines Fußbad in den keusch dahinplätschernden Wellen.

Badefreuden an der alten Schinderbrücke.

Wildwest in den Vorstädten

Es hat sich nicht verändert seit der Zeit der Väter, das kleine Vorstadtkino. Eingeklemmt zwischen ein verbröselndes Spezereiwarengeschäft und den spinnenblinden Schaufenstern eines Schusterladls döst es schmalbrüstig unter einer dicken Rinde hundertmal übereinandergeklebter Plakate vor sich hin. So gegen 14 Uhr herum kommt dann die wackelhüftige Besitzerin mit einem scheppernden Schlüsselbund und zwängt sich seufzend in das kleine Schilderhaus, über dem das wichtige Wort »Kassa« fast schon verblichen ist. Etwas später strampelt auch der Vorführer auf einem ehrwürdigen Drahtesel daher und sperrt seine Freiluftlimousine mit einem dicken Kettenkabel an das gußeiserne Abflußrohr.

Steht ein Heimatfilm auf den Plakaten wie etwa »Ewig rauschen die Bronchien« oder »Die Sennerin von der Rinnsal-Schlucht«, so ist ein gemäßigter Hausfrauennachmittag zu erwarten. Brave, vielfache Mütter von den nahen Rückgebäuden kommen da und legen mit zerschnittenen Blaukrautfingern ihr Scherflein auf den Altar der Kunst, der aus einem linoleumgrauen Zahlbrett besteht. Auch ein paar krankgeschriebene Fabrikmädchen, werdende Mütter, ein Besuch vom Lande und die Kaltspeiserin Lore aus dem Automatenrestaurant wollen etwas für ihr verwaistes Innenleben tun und kaufen für einssiebzig etwas Rührung und ein kleines Seelen-Wehwehchen ein.

Innen, im dämmrigen Klappsitzdunkel, ist die Zeit ebenfalls stehengeblieben. Nur der magerbleiche Klavierspieler hinter der Spanischen Wand fehlt. Er begleitete einst das hektische Geschehen auf dem senkrecht gespannten Linnen mit seinem gräßlich verstimmten Hammerwerk und den Standardweisen: »Der japanische Laternentanz« oder »Des Negers Traum«. Mittlerweile hat er wohl selber längst ausgeträumt. Und noch immer muß sich jeder Spätankömmling etwas bücken, um unter dem Geisterfinger des Vorführers hindurchzutauchen. Damit nicht die Silhouette seines Charakterkopfes vielleicht gerade den wogenden Busen der betrogenen Gütlerstochter verdeckt.

Die Acht-Uhr-Vorstellung aber ist die eigentliche Spezialzeit der kleinen Flimmermühle. Hauptsächlich dann, wenn der Wild-West-Reißer »Die eiskalte Hand des Samuel Bleibauch« gezeigt wird. Oder der Arizona-Schlager »Hängt mich nicht am Vormittag«. Denn dann kommen sie von den Hausecken und den Gaslaternen, an denen sie diskutierend standen. Und aus den Mietskasernen, den Rest des abendlichen Spinatgerichtes noch im lächerlichen Bartflaum. Die Stifte und Stenze nämlich, Fortbildungsschüler, Lehrbuben, Mopedritter und die Söhne sorgender Witwen. Sie schleppen sich mühsam daher mit dem orthopädischen Gang ihrer Revolverhelden, die Daumen in den Rückwärtstaschen der verwaschenen Blue-jeans, mürrisch, verschlossen und lässig. Sie wollen sich im Innern der kleinen Traumfiliale selbst davon überzeugen, daß der Vier-Finger-Cliff tatsächlich der dreckigste Desparado zwischen Old-Kentucky und Neu-Harlaching war.

Es beginnt. Und über die Prärie läuft ein Hund. Ohne Grund. Irrtum, mein Lieber, denn er rennt direkt in die Western-Bar zum »Schuftigen Schinken«. Jetzt weiß die whiskyblonde Lilly sofort, daß ihrem Bob ein Leid geschehen ist, denn nimmermehr würde der treue Wurstzipfel-Puma sonst seinen Herrn allein gelassen haben. Hei, wie schnell vergißt sie da, daß sie eigentlich von ihren rauhbärtigen Kunden noch drei »Leberjodler« abkassieren soll. Wie ein ambulant gewordener Maurerschragen springt sie mit Anlauf auf den Rücken des leicht einknickenden Pferdchens, das direkt an der einzigen Bogenlampe von Bloody-Hill parkt. Und ab geht's, mitten durch die Zuschauer hindurch.

Aber Klein-Lilly hat die Rechnung ohne den dreizahnigen Banditen Piff-Paff-Poltri gemacht, der es schon lange auf den Gold-Claim des schönen Bob und gleichzeitig auch die Liegenschaften der kessen Texas-Biene abgesehen hat. Prompt parforciert diese also in den gestellten Hinterhalt, doch gerade als sich der lüsterne Schurke über ihr hilfloses Dekolleté beugt, wird die Luft stark eisenhaltig. Hoch fährt der Ertappte, läßt den blonden Maltersack sofort in Frieden und entfleucht gerade noch in den blutroten Sonnenuntergang hinein.

Nun wird hin und her verfolgt. Beide Parteien kriegen Verstärkung und hinter Büschen und Felsvorsprüngen wird gelauert, gelauert und immer wieder frisch geladen. Volle zwei Stunden lang knistern die Gänsehäute im Parkett. Aber zum Schluß siegt sie eben doch. Nein, ihr erratet es nicht. Oder doch? Tatsächlich, die Gerechtigkeit macht wieder einmal das Rennen. Wenn auch in denkbar unreiner Gangart. »Jippi jai und jippi je!« Und durch den Leib des bösen Piff-Paff-Poltri, der durchlöchert ist wie ein Emmentaler, heult der Nachtwind, der schnurstracks von den Blauen Bergen kommt.

Die Vorstellung aber ist aus. Zweiundzwanzig Lehrlinge gingen um acht Uhr in das kleine Vorstadtkino. Um zehn Uhr schlürfen ebensoviele mürrische Rächer einsam und stumm nach Hause. Auch der alte Kinovorführer fährt heim. Auf seinem uralten Radl. Ohne besondere Zukunft. Und ohne Schlußlicht.

Schloß der Ahnen

Gleich hinter der Tür des Königsschlosses hängen vier kleine Kanonenkugeln an der Wand. Und der Fremdenführer erklärt in einem Sprachgemisch von sächsischem Beamtendeutsch und Steingadener Zahnweh-Dialekt, die Franzosen hätten seinerzeit mit diesen Eisenbatzen vom Nachbarberg auf die Burg Hohenschwangau geschossen. Ein gemütlicher alter Münchner meint zu diesem lächerlichen Bombardement: »De hätt'n ja genauso guat glei mit Leberknödl rüberschmeißn kenna.«

Die ehrwürdige Schloßkapelle ist heute Billettl-Raum. Und in der zeitblassen Sakristei, die dem Kastellan als Büro dient, liegt ein angebissener Bauernapfel auf einem handgeschnitzten Betschemel. Neben einem Ölgemälde aber, das eine verruchte Sünderin im Kniefall darstellt, hängt ein graues Thermometer, das genau zweiundsechzig Grad anzeigt. Vielleicht die Temperatur der liederlichen Weibsperson zur Zeit ihres Fehltritts.

Vor dem Spaziergänger geht eine breithüftige Ausflugs-Walküre, die einen Buben mitführt, dem die Ohren groß und ausgedehnt wie zwei Kirchweihnudeln wegstehen. Bei allem, was der bescheidene Sprößling sieht oder was erklärt wird, deutet er mit seinem wundgelutschten Zeigefinger hin und sagt lakonisch: »Haben, haben.« Auch als der Führer vor den Ordenschränken der bayerischen Könige erklärt: »In der Middä sähen Sie den Burlamähride und danäben ein Gemälde, darstellend die Ölsa mit dem Schwan«, sagt der Gnom: »Haben«. Ein blaßgeschmirgelter Eisenritter steht auf dem Treppenabsatz und ist oben offen, so daß viele Besucher ihre Eintrittskarten und sonstige Papierl in das Innere des Zinkblech-Recken fallen lassen können. Beim Betreten des ehemaligen Wohnraumes Seiner Majestät des Märchenkönigs ziehen sechzehn bayerische Bauern ihre Hüte. Aber als der Geschichtskundige erzählt, daß die Mutter des Königs Maria hieß und eine Preußin war, setzen zwei ihren Scheitelschoner schwer enttäuscht wieder auf.

Ein Mädchen, das den Daumen tief im Mund hat, wird von ihrer Mutter hart angefahren: »Schamst di net, im König sein' Zimmer.« Zu den Umstehenden jedoch sagt sie mit einem entschuldigenden Blick auf die marmorblasse Monarchenbüste: »Wissen S', sie is hoid von Gelsenkirchen in de Ferien da.« Hernach erläutert der Burgverwalter ins Hochdeutsche übersetzt: »Diese Uhr hat noch König Ludwig schlagen hören. Er war einen Meter vierundneunzig groß und galt als der schönste Mann von Europa.« Und er fügt noch hinzu, auf den Chronometer deutend: »Sie geht heute noch.« Acht Touristen vergleichen darauf sofort die altehrwürdige Zeit mit der ihrer Armbanduhren und nicken bestätigend.

Dann klimpert der wackere Erläuterer auf dem Klavier Seiner Königlichen Hoheit. Kein Zweifel, es ist »Hänschen klein«. Im Toilettenschubladen der weißblauen Queen, den Blasius vorsichtig aufzieht, liegen ein Stück Leukoplast und ein Klumpen Glaserkitt. Energisch hält ein junges Mädchen ihren Galan beim Ärmel fest und zeigt ihm lange das Bild, wie der Herzog Ludwig seiner Ludmilla die Ehe verspricht. »Haben, haben«, sagt das Nudelohr und deutet auf den abgeschlagenen Kopf eines Türken, der bei dem Gemetzel, das Barbarossa unter den Heiden anrichtet, fast vor die Füße der Besucher rollt. Plötzlich reißt der Führer blitzschnell eine Bettdecke herab und erklärt, darunter habe Richard Wagner immer geschlafen. Drei Damen sind sichtlich enttäuscht, weil der Komponist nimmer darunter liegt. Zum Abschluß erzählt der brave Schloßwart noch, daß früher zehn Festmeter Holz in den vielen Kachelöfen verheizt wurden. »Und heite hamma nur 'ne einzche Butzfrau noch.« Es klingt wie ein unverzeihlicher Vorwurf gegen die miserable Königstreue der bayerischen Ritzenreinigungsdamen.

Als die Besichtigung von Neuschwanstein endgültig zu Ende ist, deutet der winzige Ohrenprinz gleich gar noch auf das ganze Gebäude und fordert hart: »Schloß haben«. Da aber sagt die Mama endlich: »Da hättest schon bei der Auswahl deiner Vorfahren vorsichtiger sein sollen, weißt Emil.«

Blasius muß bei diesen Worten ein bißchen ironisch lächeln. Denn vor genau einhundertfünfunddreißig Jahren hieß der Herr von Hohenschwangau nämlich nicht etwa Maximilian oder König Ludwig. Sondern ganz schlicht: Johann Adolf Nepomuk Sommer.

Und das war der Urgroßvater von Blasius. Trotzdem aber muß der Spaziergänger halt heute zwei Mark zehn Eintritt bezahlen in die Burg seiner Väter. »Sic transit gloria«.

Johann Adolf Nepomuk Sommer (1798–1867); 1824–1832 Burgherr auf Hohenschwangau, 1841–1854 Besitzer von Schloss Kaltenberg.

1965

Brot der Kindheit

Bange und kopfschüttelnd steht der einfache Ureinwohner mit seinem grünen, wallenden Lodenmantel vor der Auslage einer modernen Bäckerei. Aber er hat sich nicht verschaut. Unter der kleinen Pyramide aus frischem Weizengebäck steht tatsächlich das Wort »Schrippen«. Und im Weitergehen murmelt der rückständige Münchner dann leise vor sich hin: »Da fehl'n eigentlich bloß mehr ›Aschheimer Knüppel‹ oder ›Schmalzstullen‹ in dem Sortiment, des heit die Bäcker bei uns ham.«

Anschließend, nachdem der Ärger des grimmigen Brotzeitspezialisten über den Einbruch nordischer Lebensart in die bayerischen Belange wieder langsam verweht, ziehen vor seinen Augen eine lange Reihe längst vergessener Schmankerl, Kindheitserinnerungen und heimischer Genüsse vorbei.

Er denkt zuerst einmal an sein Brot der Kindheit, das er beim Bäkker Nebengaul in der kleinen Vorstadtstraße um ein Fünferl für die Schulpause kaufen durfte. Es war der heißgeliebte »Warschauer«, ein »Zusammengekratztes«, in dem freilich auch manchmal ein längerer Holzsplitter, wenn nicht gar ein lebensmüder Backstubenkäfer zu finden war. Doch gab es für das Fünferl von dieser köstlichen Labe ein Trumm, das mindestens so groß wie zwei Kinderfäuste war und das spezifische Gewicht von Uran besaß.

Wenn die mehlbleiche Bäckermeisterin besonders gut aufgelegt war, stäubte sie auch noch ein bißchen Puderzucker darüber. Heute würde ein Gebäck von solch zweifelhafter Zusammensetzung wie es der »Warschauer« war, wohl von jeder Bezirksinspektion und Gesundheitsbehörde »unter schwerste Strafe gestellt« werden, und der Bäcker hätte vielleicht sogar mit einer Anzeige bei der »Liga für Menschenrechte« zu rechnen.

Neben dem »Warschauer« war es vor allem das herrliche Fünferl-Gebäck, das dem alten Mann im Geiste noch einmal auf der Zunge zergeht. Und die »Boxer« mit Haferflockenzusatz und die großfladigen »Amerikaner«, ein kegelförmiges Gebäck, das auf der Unterseite mit einem nässelnden Zuckerguß überzogen war. Auch der »Waffelbruch«, kostete nur ein halbes Zehnerl ebenso wie die »Schaumrollen«, die »Negerküsse« oder die mürben Schokoladen-Brezen.

Außerdem hatte der kleine Kunde auch noch die Möglichkeit, beim Bäcker für seine handwarme Grünspan-Münze eine »Überraschung« zu erstehen. Eine goldene Tüte, in der dann vielleicht ein grüner Blechlaubfrosch war, mit dem man seinem Schulspezl stundenlang in die Ohren schnackeln konnte. Ferner stand noch zur Wahl ein Spritz-Ditzel, den man am Wasserhahn auf der Schultoilette füllte, um dann beim Heimgehen die in der Sonne hängenden Plumeaus braver Parterre-Mütter ausgiebig einzunässen.

Im kleinen Bahnhof des »Millidistel-Express«, wie der Vorortzug gern genannt wurde, fanden sich automatische Münzschlucker, zum Beispiel die große eiserne Bruthenne, die nach dem Einwurf eines Zehnerls zu gackern anfing und ein richtiges Blechei legte, das mit Liebesperlen gefüllt war. Und in einem »Guad'l-Automaten« konnten finanzkräftige Vorstadtbälger gleich gar ein Schachterl mit Veilchenpastillen herauswerfen, die beim Lutschen die Zunge so lila färbten wie die eines Chow-Chow-Hundes.

Wie der alte Großstadtbummler dann in die Marktgegend hinüberkommt, denkt er auch daran, daß hier ganz in der Nähe einmal die Kronfleischküche war. Ein Schmankerl-Keller, in dem es Brotzeiten gab, die heute fast kein Mensch mehr kennt. So das saure »Krös« und »Kuttelfleck«, ein Tellergericht für ärmere Konsumenten, oder auch gebackenes Euter, von Witzbolden gern wegen seiner Herkunft auch »Kuhbusen« genannt. Außerdem einen herrlichen, würzigen Ochsenmaulsalat, hausgemacht und von Lästermäulern »Stadtrats Lippen« betitelt.

Damals hießen auch die roten Rüben auf den Speisenkarten noch »Rahne«. Statt Bratkartoffeln schrieb man »G'röste«, in der Omelette-Suppe schwamm ein geschnittener Pfannkuchen, das deutsche Beefsteak kannte jeder nur als »Fleischpflanzerl«, das Rotkraut als »Blaukraut« und anstelle von »Pommes sufflés« stand »Erdäpfel in Montur«.

Daheim aber die Großmutter, eine richtige Märchen-Oma, konnte auch noch Fingernudeln machen, die sie »Drahdiwix Pfeiferl« taufte. Oder eine »Grimmiteigsuppe«, von der der alte Mann als Bub immer geglaubt hatte, sie wäre aus besonders »grimmigem« Teig gemacht, bis er später als Abc-Schütze darauf kam, daß dieses Gericht eigentlich »geriebene Teigsuppe« heißen müßte. Noch einmal läuft dem Alten das Wasser im Munde zusammen, wenn er an die »aufgeschmalzene Brotsuppen«, an die »Brennsuppen« oder an die selbergemachten breiten Nudeln in der Milch denkt, die daheim zum bürgerlichen Küchenzettel gehörten. Und im Sommer hatte die brave Oma immer in dem kleinen Speisekammerl draußen eine »G'stöckelte« in braunen irdenen Weidlingen aufgestellt.

Sicher, so überlegt der sinnierende gemütliche »Wiederkäuer«, gäbe es noch viele andere, verschwundene »Magentratzerl« und »Gaumenkitzler« zu erwähnen. Doch ist seine Erinnerung allmählich müde geworden – und das kam wohl von dem langen Weg, den sie zurückgelegt hatte.

Aber weil es vom Alten Peter gerade zwölf Uhr läutet, denkt er nur noch rasch an die Weißwürste, die ja heute längst dauerhaft gemacht, mit einer blechernen Haut überzogen und bis nach Hinterindien verschickt werden. Da schüttelt der Wanderer ins Vorgestern lächelnd seinen etwas verbrauchten Kopf. Weil er dann denken muß, wie der Moser Sepp im Peterhof vor mehr als hundert Jahren diese bayerischen Bananen entdeckte, von denen es hieß, sie dürften nimmermehr die Glocke um zwölf Uhr läuten hören. Und er brabbelt den etwas abgeänderten Märchenspruch vor sich hin: »O Sepp, wenn du wüßtest, das Herz im Leib möcht dir zerspringen.«

Die alte Wirtschaft am Eck

Abseits vom großen Trubel träumt noch die kleine Wirtschaft vor sich hin. Lautlos rieselt der Steinsand aus den unzähligen Runzeln des mürben Verputzes. Das »ck« aus der verblichenen Schrift »Königseck« hat die Zeit verspeist. Obwohl es doch der härteste Buchstabe war. Und auch der König ist schon stark angebissen.

In der dämmrigen Hofeinfahrt liegen ein paar leere, verschlafene Zehnerfässer. Sie warten auf das Bierfuhrwerk, das zweimal in der Woche kommt. Auch die Hausmeister-Evi und der kleine Hepp Georg warten auf dieses Ereignis. Besonders aber darauf, daß der putzwollbärtige Bierführer die Fässer auf einen Wagen zurollt. Weil doch da die kleinen Kieselsteine, die sie verstohlen in die Spundlöcher werfen, beim Rollen so schön klingeln. Die drohenden Untersuchungsrichter-Blicke des Bierführers ertrinken hoffnungslos in den blauen Tiefen ihrer unschuldigen Kinderaugen.

Wenn das Bier abgeladen wird, zwängt sich auch der Schnauzer »Kummermann« durch die knarzende Küchentüre und schaut zu. Er hat seinen seltsamen Namen vom aufsässigen Bezirksinspektor, dem einfach überhaupt nichts rechtzumachen ist. Und die Wirtin kommt im weißen Wickelschurz und stellt sich am Eingang zur Schenke hin und paßt auf, daß niemand in den geöffneten Kellerschacht fällt. Der Wirt aber, Magnus Krug, bedient den Bieraufzug. Ganz zum Schluß trägt der Gehilfe vom Wagnerbräu auch noch drei Stangen Eis in die Wirtschaft am Eck. Und weil die Vorstadtkinder gar nicht aufhören, hackt er ihnen mit dem Stahlstecher ein paar kühle Brokken herunter. Und die frostigen Leckerbissen glitschen rasch in die entsetzten, minderjährigen Speiseröhren hinunter.

Hinter der halbblinden Scheibe hängt die handgeschriebene Speisekarte. Hinter das »Büfflamot« hat die einsame Stubenfliege Anna, die hinter dem dunkelweißen Vorhang wohnt, einen Punkt gemacht.

Die kleine Wirtschaft wacht erst gegen zehn Uhr früh auf. Um die Mittagszeit erscheinen dann die Zementmixer vor dem kleinen Bau mitsamt dem Polier, der viele weiße Sommersprossen auf seinem lustigen Ziehharmonikagesicht hat. Aus siebenmal unterteiltem Geschirr schmausen die Arbeitsmänner ihr preiswertes »Menü bürgerlich«. Hernach wird noch rasch »eine« ausgewattet. Aber es werden immer vier daraus. Und der Polier klebt sich jedesmal den roten »Maximilian« mit der angefeuchteten Rückseite triumphierend auf die Stirn und sagt dazu rätselhaft: »... und sie verließen ihn!«

Nachmittags hält die kleine Wirtschaft am Eck ihre Siesta. Gegen vier Uhr beginnt die Wirtin auf dem hinteren Tisch im Nebenzimmer ihre weißen Schürzen und die Hemden vom Enkelkind Mariechen zu bügeln. Etwas später bimmeln die ersten Bierholer an der Glocke zur Schenke, wenn nicht gerade der Eisenbahner-Emil ein Papier zwischen die Kontakte gesteckt hat. Dann klopfen sie. Im Schiebefensterausschnitt erscheint der rote Kopf vom Krug. Längst kennt er jedes Bierglas, das ihm die Kunden hinstellen, und auch ihre Spezialwünsche. Das »Dreimal ausschwenken bitte schön« könnte sich die Pfaff Muschi ruhig sparen. Er nimmt das Geld aus dem angenagelten und drehbaren Blechschüsserl auf dem Schubfensterbrett, zieht seinen Kopf ein und läßt dann seine Guillotine mit einem lauten Schlag heruntersausen.

Am frühen Abend schlendert der Benedikt vom Saldinger mit einem Bierkorb aus Draht daher. Denn sie sind zu acht daheim. Wenn er mit seiner feuchten Ladung an seinen Freunden vorbeigeht, bleibt er aus Angabe stehen und trinkt aus dem Vater seinem Krug. Dann rührt er mit dem Hausschlüssel in der geschändeten Maß herum, das gibt neuen Schaum. Der Rentner Blank, der Fluraufseher Flinsinger, ein Postbote und die Hausierer Zwicknagel und Klamm sind die wenigen Stammgäste der altmodischen Einkehr. Die Wirtin räumt ihr Bügelzeug weg und setzt sich nur ganz wenig auf die Ecke eines Stuhls, um beim Tarocken zuzuschauen. Auch der Kummermann ist da und schnappt vergeblich nach der beleidigten Fliege Anna.

Die zwei Hausierer haben um elf Uhr ihre drei Liter Bier und »den Kragen voll«, wie sie weithin verkünden. Wenn der alte Regulator ein Uhr schlägt, ist es leer geworden im Gastzimmer. Der kleine Wirt bolzt das Faß zu und zählt den mageren Schanknutzen, bevor er ihn in einer Blechkassette nach oben trägt in die Pächterwohnung. Drei Mark hat er beim Tarocken auch verloren. Die Wirtin seufzt und wischt sich die unsichtbaren Sorgenfäden aus den Augen. Die beiden ahnen es schon. Bald wird die neue Zeit mit harter Hand den Bierhahn in der kleinen Wirtschaft am Eck ganz zudrehen.

Der Trampelpfad

Es ist wirklich seltsam. Da führt nun eine schöne, bequeme Kieselallee den Fluß hinauf. Aber nein, wo gehen die eingefleischten Spazierlatscher und Luftschnapper? Auf einem schmalen Trampelpfad, direkt am Ufer des heimatlichen Mississippi, hintereinander wie die Warzenschweine, wenn sie zur Tränke tappen. Dabei ist dann diese Verdauungsraupe manchmal auch noch so dicht aufgeschlossen, daß eigentlich jeder Wanderer seine Nase im Mantelaufhänger des Vordermannes einhaken könnte. Oft geht es auch nur so schritterlweise vorwärts wie an einem Skilift in Kitzbühel oder beim Anstehen um Karajan-Karten. Es stiefelt der käsige Beamtensprößling folgsam und blind hinter seinem Gehaltstufenpapa einher und steigt millimetergenau in dessen Fußstapfen, weil er doch später auch einmal Oberinspektor werden will. Der junge Liebhaber aber läßt seine stramme Hosenmaid vor sich her wippen, und wenn seine waagrechten Gedanken Folgen haben würden, dann hätte das nichtsahnende Mädchen bei der ersten Brücke bestimmt schon das dritte Kind. Das alte, bitterböse Weib aber, das im Schlagschatten ihres vergrämten Nörglers wandern muß, denkt sich gewiß: »So viele Löcher wären auf dem Weg. Aber daß sich mein Alter endlich den Fuß verstauchen würde und daheim bleiben müßte, das kann ich einfach nicht erbeten.«

Besonders schlimm aber ist es an den Sonntagen, wenn die Satten und die Sodbrenner diesen Schmalspur-Broadway entlangstampfen. Da hört man noch genau ihre Grießnockerlsuppe in den Bäuchen glucksen und vernimmt den Kampf der Kutteln mit den Krusten der Schweinebraten. Indes flattern über der Brücke die Möwen wie weiße Papierschnitzel, die vom Himmel fallen. Es sieht fast aus, als hätten ein paar sozialdemokratische Engel ihre Einberufungsbefehle zum Luftschutz zerrissen. Ganze Rudel von Enten schwimmen auf dem Wasser, das um diese Jahreszeit eine Haut hat wie das Blei beim Silvestergießen. Tausendmal wurden die gefiederten Semmelschlucker wohl schon im Geiste gerupft, aber wer je einen von den mageren Regenwurmkajaks nackt sah, der steckt ihnen die Federn gerne wieder mitleidig in das löchrige Fell zurück. Und alle Kilometer findet sich an der Uferböschung auch ein Rettungsring, der längst so weich und mürbe ist wie ein hausgemachter Nußkranz.

Der Mann trampt trotzdem auch recht gerne auf diesem Saumpfad. Denn er führt ihn ja ins Reich seiner Kindheit zurück. Vorbei an jener Gumpen, in welcher er einmal das Schwimmen lernte und dabei so viel Wasser schluckte, daß der Aufseher vom nahen Elektrizitätswerk zu ihm herüberrief: »Jetzt hör' doch einmal auf mit deiner blöden Schwimmerei, du säufst uns ja so viel Wasser weg, daß die Turbinen stehenbleiben!« Drüben, zwischen den Weidenbüschen aber fand doch einst der Streisand Waggi beim Indianerspielen eine echt goldene Uhr, für die seine Mama hundertzwanzig Mark bekam. Damit konnte sie endlich die Kaution für den freigewordenen Posten einer Garderobenfrau stellen. Doch bereits am dritten Arbeitstag wurde sie beim Heimgehen schnell und gründlich überfahren. Die alte Hexe Guttlmaier sagte dazu bei der Beerdigung auch noch mit schiefem Lästermaul: »Unrecht Gut gedeihet halt nicht.« Auf der Höhe der Anlage führt der dünne Drahtseilweg über ein seltsames Pflaster, das zum größten Teil aus geborstenen Grabsteinen besteht. Der Mann kann mit einiger Phantasie noch entziffern, daß hier demnach auch irgendeine tugendsame Jungfrau liegt. Da muß er sich denken, was für eine Ironie des Schicksals! Früher stieg vielleicht nie ein Mann über sie hinweg. Und jetzt auf einmal gleich so viele. Wenn das keine ewige Seligkeit ist.

Droben bei der Wallfahrtskirche, in den abseitigen Büschen, trifft er auch manchmal einen seltsamen Eremiten an, der sich wahrscheinlich unbeobachtet glaubt. Denn er streckt sich von Zeit zu Zeit selber die Zunge heraus oder macht sich eine lange Nase im Taschenspiegel. Da denkt sich der Wanderer, daß womöglich auch die Raquel Welch einen langgesuchten Mitesser auf eine Nadel aufspießt wie einen Schmetterling, wenn sie glaubt, sie sei ganz allein. Und daß sich der Frank Sinatra vielleicht ein graues Säuferhaar aus der Nase zupft im stillen Kämmerlein, wenn ihn niemand sieht.

Langsam wird der Trampelpfad schließlich dünner, wie das Ende einer Peitschenschnur. Und bei der »Brücke zum Jenseits« verliert er sich ganz unter jenem sechsunddreißig Meter hohen Viadukt, von dem einst in der Arbeitslosenära der Artist Harry Wills für fünfzig Mark Gage mit einem Marktschirm heruntersprang. Es stand dann groß in der Zeitung. Wenige Tage später sprang ein anderer Mann auch wegen fünfzig Mark in die Tiefe. Sie fehlten ihm zum Mietezahlen. Er stand nur ganz klein in der Zeitung. Unter den Bestattungen. Man sieht also wieder einmal: Es ist halt nicht immer dasselbe, wenn zwei das gleiche tun.

Brennessel mit Spiegelei

Gebückt schleicht der Ruhestandsinspektor David Donnergang am Gartenzaun seiner Kindheit entlang. Er trägt in der rechten Hand einen ausgeleierten Handschuh aus Nappaleder, und in seiner Linken baumelt eine Plastiktüte mit der Aufschrift: »Eßt mehr Bücklinge.« Herr Donnergang aber will an den morschen Staketen des verwahrlosten Baugrundstückes keine Skagerrak-Flundern oder Nordsee-Forellen fangen, sondern nur junge Brennessel pflükken. Zwar ist ihm aus seiner fernen Gassenbubenzeit noch etwas verwischt in Erinnerung geblieben, daß diese bissigen Gewächse niemanden brennen könnten, wenn man beim Pflücken den Atem anhielte. Aber ein alter Beamter geht lieber auf Nummer Sicher.

Endlich hat der stille Pensionist eine stattliche Schonung der wehrhaften Großstadt-Kakteen entdeckt. Doch da es sich beinahe schon um schlagbare Exemplare handelt, die zudem auch noch meistens von streunenden Hunden bewässert werden, nimmt er von einer Ernte Abstand. Wenig später trifft er dann auf schöne, junge Ware, und bald füllt sich sein Trockenaquarium mit der zartgrünen Ernte. »Des gibt a G'müaserl«, murmelt der fündige Botaniker, und er sieht im Geiste mit Genugtuung bereits den bösen Rheumatismus, wie er mit langen Schritten aus seinen Gelenken flüchtet. Herr Donnergang ist zwar kein ausgesprochener Naturapostel, aber einer vom alten Schlag, der noch weiß, was der Körper um diese Jahreszeit braucht. Mindestens zwei schöne Portionen Brennessel mit Spiegelei wird seine Beute ergeben. Und morgen will er drüben bei Siebenbrunn nachschauen, wie weit die Brunnenkresse schon gediehen ist. Auch zwischen den Schwellen der toten Geleise von der ehemaligen Lokalbahn wächst wahrscheinlich schon bald die bittersüße Milchdistel, die er ebenfalls auf seine Speisenkarte setzen will. Denn ein Pensionist, der sein ganzes Leben in die Alterskasse zahlt, hat schließlich auch das Recht, wenn nicht sogar die Pflicht, dem Staate, dem er so lange treu diente, auch sein Ruhegelddasein durch gesunde Lebensweise möglichst lange zu erhalten.

1969

Drunten auf dem grünen Markt hat der David leider feststellen müssen, daß die Leute schon fast nicht mehr wissen, was gut ist. Nur eine einzige Gemüsefrau konnte er entdecken, die noch den ungemein blutreinigenden Hopfenspargel zum Verkauf feilbot. Gerade noch, daß er ein paar schwarze Rettiche ergatterte, die doch so herrlich wassertreibend sind, daß er sich nach dem Genuß jedesmal vorkommt wie ein Brunnenbuberl. Na ja, und das Hagebuttenmark gibt es zwar noch überall, doch die ganzen Hagebutten zum Teekochen wären ihm halt lieber. Ganz, ganz fern denkt der alte Mann jetzt daran, wie er seinerzeit die roten Rosenkranzfrüchte immer selbst aus den Anlagen holte und die Kerne mit ihrer haarigen Umhüllung dann als Juckpulver benützte, das man den kichernden Einmaleins-Bräuten so schön hinten in ihre Hängekleidchen hinabschieben konnte.

Halt, beim Sauerkraut-Ingenieur muß er demnächst auch vorbeigehen. Zwar ist die Zeit des »Rüben-Krautes«, eines Schmankerls, das fast keiner mehr kennt, schon vorüber, aber die neue Ernte des »Surhaxn-Seegrases«, wie der David dieses bayerische Nationalprodukt auch noch lächelnd nennt, darf er auf keinen Fall versäumen. Denn nichts räumt so schön aus wie ein halbes Pfund, rasch aus dem Stand gegessen. Eine Sellerie-Kur hatte leider beim Herrn Inspektor a. D. die letzten drei Jahre keinerlei Erfolg mehr gezeigt. Obwohl doch der Saft dieser runzeligen Kindsköpfe sogar Tote aufwecken soll. Und was schließlich den Gevatter Knoblauch angeht, so durfte er leider nach dem Genuß dieser Balkanknolle jedesmal acht Tage nicht mehr beim allabendlichen Haferl-Tarock dabeisein. Denn seine Stammtischbrüder zogen sofort die Nasen hoch, und einer fragte den anderen, ob da nicht irgendwo ein Zigeuner in der Nähe sei, der die Hosen ausgezogen hätte.

Wenn aber der David Donnergang seinerseits von alten Spezln und Bekannten, mit denen er über so eine Frühjahrskur ratschte, lächelnd examiniert wird, ob er denn unbedingt hundert Jahre alt werden möchte, so entgegnet der friedliche Rentner jedesmal gelassen und kichernd darauf: »Hundert Jahre, nein, das möcht' ich nicht werden. Achtundneunzig reichen mir auch schon.«

In jenen Tagen

Wie »der Wind, der Wind, das himmlische Kind«, so schleichen in diesen Tagen manchmal ältere Leute um noch ältere Häuser herum. Sie schnüffeln wohl auch ein wenig in dämmrige Hauseingänge, in die letzten Hinterhöfe, kehren dann an der grindigen Brandmauer wieder um und verduften schließlich auf leisen Sohlen um die Ecke, den ehemaligen Einmaleinsweg entlang. Ihre Gedanken aber bleiben zurück und wandern in den lautlosen Filzpantoffeln der Erinnerung noch einmal durch all die Stätten der Kinderseligkeit und in jene Gefilde hinter den sieben Bergen, von denen sie einmal auszogen, um das Gruseln zu lernen.

Dort zum Beispiel, wo jetzt die Litfaßsäule aus der Asphaltwiese wächst, stand doch einst ein Kastanienbaum. Marterpfahl und Fußballtorlatte, Anschlagstelle beim »Räuber und Schandi« und Stützpunkt beim »Schneider, leih mir deine Schere«. Ein bißchen krumm, von Taschenmessern zerschunden, von hundert Hunden heimgesucht, pfeilspitzennarbig war er. Aber stets ein Lieferant vieler Gratiswonnen. »Servus, Baum«, sagte man zu ihm, bevor man ihn im Frühjahr bestieg, um den Maikäfern ihr flockiges Blütenmenü herabzuholen, das sie dann niemals fraßen. Er war auch nicht bös, wenn man ihm die ersten schussergroßen Früchte abnahm, mit denen man die Inschrift »Ich Esel muß alles lesen« in die mürbe Hauswand ätzte. Im Herbst lieferte er, mit dicken Wurfprügeln freundlich dazu aufgefordert, das Rohmaterial für mahagoniglänzende Friedenspfeifen und etwas später auch noch den berühmten Krüllschnitt »Stiller Würger«. Was aber liefert schon eine Plakatsäule? Nicht einmal das angekündigte Beethoven-Konzert, und wenn man sie noch so stark schütteln würde. »Ene bene suptrahene, divi dave domino« – »Bicke backe Pfannenstiel, sitzt ein Manderl auf der Mühl«, das muß doch noch irgendwo verstreut auf der kleinen Fleckerlwiese herumliegen. Das war doch erst gestern, das Gras ist ja noch grün. Den fußabstreifergroßen Spielplatz im

Hinterhof gibt es tatsächlich noch. Aber in der Ecke wächst immer noch kein Zwetschgenbaum, obwohl damals mindestens zwanzig peinlich sauber abgeschleckte Zwetschgenkerne gepflanzt wurden. Und mit einem Glasscherbendach abgedeckt gegen Nachtfrost und Hausmeister. Halt, der war ja gar nicht so ohne. Dort, wo jetzt die Garage steht, durfte man doch im Winter immer eine Schneeburg bauen. Mit Eisfenstern aus dem zugefrorenen Waschhauskessel, vom schmunzelnden Schneeschaufelchef selbst gestiftet. Wie leicht das Fensterblech im Parterre heute zu erreichen ist. Gegen damals, wo nur geübte Blitzableiterartisten im Zehenkrallengriff bis zu dem Geranienkistl hochkamen, in dessen grünem Dschungel der winzige Wurstzipfeltiger Fiffi mit blankgezogenem Reißverschlußgebiß knurrte. Und einmal war das Spielen unter dem Fenster vier Wochen lang verboten. Bis der kranke Hausmeister tot war.

Und drüben in der Spenglergrube. Was es da alles gab! Gänseblümchen, Matratzenfedern, Brennessel, Nägel, Hasenfutter, Blech und Margarinekübel. Die letzteren zum Fischerlfangen und als Trommeln bei der Erschießung des Andreas Hofer. Nun liegt der Schutt der Nebenhäuser darauf, und die Kindheit darunter. Und die gute Erde ringsum, die im Frühjahr schusserkacherlweich war und mit nackter Ferse poliert wurde, hat jetzt eine Zementhaut, hart wie die neue Zeit. Und direkt vor dem Haus wird gerade das wärmflaschenwarme Klinkerpflaster aufgemeißelt. Der Traumwandler steckt sich schnell einen Steinsplitter ein, wirft ihn aber gleich lächelnd wieder weg. Der Zaun an den Heimgärten ist nahtlos und eisern geworden. Früher war er aus Holz und von hundert Bubenhänden geglättet. Er diente mit sechs Jahren zum Balancieren, mit zehn zum Bauchaufschwung, mit vierzehn zur »Flankä«, und später war er wichtiger Feierabendtreffpunkt mit Handgeben. »Hawadäre beinand!«

»Die Mühle geht langsam, das Rad aber schnell – als wie ein Karussell.« Die Schmelz Nini konnte das am besten. Vielleicht weil sie Beine hatte, krumm wie ein Paar aufgewärmte Pfälzer. Drüben auf der Bank war der Ringelreihenplatz. Die alten Leute und der Veteran Bangerl, die dort saßen, schauten zu und lachten gern. Vom Bangerl bekam jedwedes Kind einen Pfennig, wenn es ihm das Lied vorsang »Bei Sedan wohl auf der Höhen«. Bank und Bangerl gibt's nicht mehr. Und plötzlich steht der Rückwärtsgänger vor einer Frau.

Und die macht den Mund halb auf in ungläubigem Erkennen. Er geht an der Nini Schmelz vorbei, und an der Ecke schaut er sich noch einmal um: Aber nur ganz kurz. Denn die verlassene Zeit starrt ihm nach. Sie ist so grau geworden …

Die Fabrik ist aus

Eine Fabrik ist der impotente Bruder der Kaserne. In ihrer Nähe riecht es immer nach Revolution, Rinderfett und Ruß. Viele blühende Menschen tragen Glaube, Hoffnung und Jugend in diese Wasserblasen-Gefängnisse und werden dann, wenn sie ausgepowert und ausgelaugt sind, von dem gefräßigen Zementvieh auf die Straße gespuckt wie Zwetschgenkerne. Eine Fabrik ist aber auch eine Bank. Sie wechselt Zeit in Geld um. Jeder Mensch, der Zeit genug hat, kann dort seine Stunden gegen bare Münze umtauschen. Er kriegt dann den Gegenwert jeden Freitag in einer Tüte ausgehändigt. Freilich wird immer eine Kleinigkeit abgezogen. Für den hochachtbaren Fabrikbesitzer, dessen liebenswerte Gattin Imogen und die zwei entzückenden Kinderchen Estragen und Wipp-Wappurupp.

So ähnlich stand es in der Zeitung eines Landes, in dem die Fabrikschornsteine selber aus der Erde schießen wie anderswo der Spargel. Drum hat sich der Beobachter am Freitagabend einmal vor den Toren einer großen Achtstunden-Kasematte postiert.

In den Läden um die Fabrik herum ist überall Lebensmut zu kleinen Preisen ausgestellt. Ramsch und Povel, gekochtes Euter und eine Sorte Wurst, die ausschaut wie gestocktes Linoleum mit brennendem Leberwurst-Ehrgeiz. Der quellende Asthmapfiff einer niegeliebten Sirene teilt den eisernen Vorhang, und dann treten die Arbeiterinnen in ihre Freizeit hinein. Zuerst die älteren Frauen. Der Akkord hat ihre Gesichter massiert, und sie sehen sich alle so ähnlich, als wären sie im eigenen Werk auf Band gelegt und gefertigt worden. Viele haben dreistöckige Wirsingretorten bei sich, und sie werden an ihren Blicken heimwärts gezogen, als würden sie an einem durchsichtigen Nylonfaden aufgespult. Sicher wartet das Geschirr, das Treppenwischen und der Abzahlungskassier auf sie. Nur ganz wenigen hat das Leben den herben Mund noch nicht zerkratzt. Zwei, drei tragen allerdings auch noch ein offenes Geheimnis unter der gewölbten Schürze in die Fabrik. Als wollten sie das Kind früh genug an seine Zukunft gewöhnen.

Dann kommen die mittelalterlichen. Wieso sind die bloß alle senfrot gefärbt? Sicher hat da der Betriebsrat einen großen Topf Karottenblond günstig gekauft. Mehrere haben sogar ein kleines Überstundenlächeln auf den Lippen. Die kaufen auch noch winzige Sträußchen Heimgartenorchideen von der uralten Blumenfrau am Gitter. Ein paar werden erwartet von braven Packern. Sie tun sich zusammen, um das Leben gemeinsam anzupacken. Als ob zweimal nichts nicht immer noch nichts wäre. Und dann naht das Milchzahngeschwader. Die jungen Aktien der Fabrik. Schnatternd, eingehängt und ahnungslos. Sie säen nicht, sie ernten nicht – und dennoch werden sie schlecht bezahlt. Eine jedoch aus der Schraubenabteilung – sie ist rot wie die Feiertage im Kalender – geht auf einen Karmann zu, und der Neid der Rivalinnen zerschleißt ihr von hinten das Kleid. Sie hat sich eben schon bis zu einem Herrn aus der Kalkulation hinaufgeschraubt. Auf andere warten die Wirtschafts-Wunder-was-Bubis. Mit dem Roller. Und die Bevorzugten stellen die ganze Pracht ihrer siebzehn Jahre im sausenden Fahrtwind zur Debatte. Schade, daß sie dabei meistens auch zwei Haarspangen verlieren und die schwache Aussicht auf einen Myrtenkranz. Vorne an der Ecke sitzt ein Geiger ohne Standbein und fiedelt.

Er sägt den weichherzigen Spezialarbeitern mit seinem haarigen Fuchsschwanz mühelos die Messingscheiben von ihrer Stange Geld in den aufgestellten Mitleidshelm. Ein Bub mit einem Tretroller holt den Vater ab. Der muß um jeden Preis mitfahren und hüpft nun hinter seinem schwerkeuchenden Sprößling mit angewinkeltem Gichtfuß her. Die ganze Rundschleiferei lacht. Bis auf jenen, der mit mürrischem Gesicht der abgeklaubten Geliebten den Zehnmarkschein auf den mitgebrachten Alimenten-Porsche legt.

Schließlich, mit gehörigem Abstand und Zwischenraum, kommt das Stehkragen-Proletariat. Arbeit adelt, steht deutlich auf der mäßig hohen Stirne des Bürokommis Edgar von Schalterknecht. Er hat sicher eine glänzende Zukunft vor sich, wenigstens was seinen Hosenboden anbelangt. Klar unterscheiden sich die Portemonnaieträger von der übrigen Drehbankinfanterie. Sie tragen auch nach Feierabend Tafeln aus gefrorener Luft vor sich her wie unsichtbare Schalterfenster. Und auf den meisten Stirnen ist zu lesen: »Erst klopfen, dann abwarten.« Doch jene Tippe-tipp-Mamselln, die ausschauen, als wären sie über Platin veredelt, werden von ihrem Abteilungschef ganz besonders gern abgeholt und gefahren. Zur Zeit zum Beispiel gerade das Fräulein Hühnerfleiß. Sie beherrscht das Zehnfinger-System perfekt. Und deshalb muß sie wohl nach Feierabend noch manchmal eine späte Korrespondenz erledigen. Mit der Firma Chaiselongue & Co.

Flaucher-Freuden

Die Eingeweihten unterscheiden streng den großen und den kleinen Flaucher. Sie meinen damit die zwei sanftgrünen Wiesen droben am Gestade der leise vor sich hin brabbelnden Isar. Zwischen der sachlich kalten Brudermühlbrücke und dem hölzernen Steg, der bei den Alten immer noch die »Schinderbrücke« heißt. Weil doch in seiner Nähe noch jenes Holzhaus steht, in dem einst der städtische »Wasenmeister« der toten Kreatur das Fell über die erkalteten Ohren zog. Die Flaucher-Wiesen haben ihren Namen von dem hundertjährigen Jagdhaus, das an der Stelle stand, an der heute eine riegelsame, etwas altmodische Wirtin noch köstliche Fleischpflanzl macht oder bayerische Schmalznudeln nach uralter Sitte über dem Knie »auszieht«, wie die schmunzelnden Stammgäste wispernd berichten. Auf den zahmen Prärien jedoch, unter dem grünen Kastanienhimmel des »Pfahlbau-Services«, wie die Brotzeit-Tische und -Bänke, die direkt in die saftige Erde gerammt sind, genannt werden, und in den angrenzenden Heimgärten ist es immer gut sein. Hier kommen zufriedene Austragler, Großmütter mit geruhsamem Wackelgang, zockelnde Kinderscharen und junge Pärchen her, die an den kleinen Fingern eingehakelt sind und im Rhythmus eines sanften Liebeswahns mit den Armen eine unsichtbare Wiege schaukeln. Gerade ist in der hinteren Tannenbaum-Ecke ein größeres Fußballspiel im Gange. Beim Stande von vierundzwanzig zu vierundzwanzig wird es dem verzogenen Karl-Heinz Kleberle jedoch endlich zu dumm, daß ihn der Aufseher-Micherl schon zum dreißigsten Male mühelos überspielt und wie eine Parkuhr einfach stehenläßt. Und er stellt die verlegen blickende Mannschaft vor die Alternative, den lästigen »Dribbelhengst« auszuschließen oder aber auf seinen Ball zu verzichten. Charaktervoll, wie Vorstadt-Buben manchmal sind, wird der Micherl in echtem Sportlergeist mit der schäbigen Begründung, daß er zu große Füße hätte, einstimmig des Feldes verwiesen. Aber er tröstet sich schnell mit einer leeren Konservenbüchse, mit der er gekonnt zwei Alleebäume, einen stillen Spaziergänger und drei verlorene Pferdeäpfel vom altmodischen Brauerei-Fuhrwerk auskurvt. In jeder Situation noch immer um Klassen besser als der lächerliche Kleberle.

Unter der rissigen Linde versucht sich ein Nachtschichtler schon seit einer halben Stunde an einem modernen Klappbett. Zuerst konstruiert er einmal eine Art Haus-Sauna daraus. Nachher wird aus dem stählernen Kreuzworträtsel ein Beichtstuhl und zu seiner Verblüffung bringt der schwitzende Freizeit-Ingenieur sogar noch das Kunststück fertig, einen Zweier-Bob zu formen. Leider aber liegt halt nirgends mehr ein Schnee. Und weil er nicht gerne bis zum Winter warten will, legt sich der Erschöpfte resigniert auf den blanken Boden. Dann sticht er mit der Vereinsnadel seines Naturfreunde-Abzeichens die zwei eingehandelten Blutblasen auf und beschließt endlich, das störrische Möbel gegen einen Hockey-Schläger und einen Eispickel im Sportgeschäft wieder umzutauschen. Allerdings wird er auf diesen Gegenständen auch nicht gerade weich liegen, sinniert er.

Indes hat ein kleiner, braver Bub sein Schwesterlein an den Brunnen mit dem dünnen Silberstrahl geführt und bröselt dem mäuschenstillen Elflein eine Schaufel dunkler Erde auf den Seidenscheitel. Mit zwei gut eingeschenkten Kübeln Wasser spült er nach. Er will nämlich einmal Friseur werden. Als seine Kundschaft ganz leise zu weinen beginnt, sagt er barsch: »Macht dlei Mark siebsich. Bitte, kommen's bald wieda.«

Ein Heimgartler jenseits des Fußweges beschneidet die Gammler-Köpfe mit den grünen Vitamin-Haaren, die sich Schnittlauch nennen. Dann fällt er beim Aufstehen rückwärts in die Glasscheiben des Winterbeetes und radelt schleunigst zum Verbinden.

Aus dem angelehnten Fenster des kleinen Wirtschafts-Anbaues, in dem die bierschaumblonde Kellnerin Sophie wohnt, tönt ein Schlager aus Urgroßmütterchens Maienzeit herüber. »Such die Blum' der Männertreu – kann sie nirgends finden«, trällert die Zehnprozent-Lorelei in den erstaunten Nachmittag hinein, während sie ihren Wigwam aufräumt. Es klingt manchmal recht verzweifelt, dieses Lied, besonders in den oberen Preislagen. Aber auf einmal endet die Folklore ganz stillos in einem kleinen, freudigen Gekicher. Ist vielleicht der Gasableser zur Sophie gekommen? Oder der Limonaden-Heini? Oh nein. Nur ein winziges bißchen Glück. Sie hat nämlich in der abgelegten Schürzentasche zwar nicht die Blum' der Männertreu gefunden, dafür aber einen völlig vergessenen Fünfmarktaler. Und das ist ihr in ihrem Alter fast noch lieber.

Wulli, wulli, wulli ...

Und das wallet und würget und brauset und zischt. Wenn das Weißbrot mit Wasser sich mischt.« So dichtet vielleicht frei nach Schillers »Taucher« gerade der blasse Primaner mit den verträumten Einmaleins-Augen vor sich hin. Und sein kleines Schwesterlein bemüht sich ganz umsonst, mit ihrem Puppen-Algebra die vielen »Endilein« und »Swäne« zu zählen, die sich um die feuchten Brocken balgen. Bei »zwölfundsiebzig« bleibt sie schließlich stekken und ist überzeugt, daß diese Zahl ganz genau stimmt. Doch auch in Wirklichkeit hat die gefiederten Kostgänger noch niemand zählen können. Die vielen, vielen tausend Wildenten, Graugänse, Möwen, Haubentaucher und die Exoten, die den weißblauen Amazonas vom See bis zur Brücke in Rudelschwärmen und lächerlichen Geleitzügen bevölkern. Denn sie gehören alle zu jenen Geschöpfen, von denen ihr großer Erschaffer sagt: »Seht nur, sie säen nicht und ernten doch.« Und sicher werden jährlich weit mehr als hunderttausend Eierweckerl, Kaisersemmeln, Laugenbrezen und vergessene Brotzeitscherzl aus den Führerhäusern der Bierlastwagen, alt gewordene Doppeldecker von ABC-Schützen, verpfuschte Rohrnudeln böser Schwiegermütter, zusammengesackte Dampfnudeln, spindige Reiberdatschi, aber auch mancher vom Mund abgesparte Bissen eines frischen Apfelkuchens oder Faschingskrapfens aufgebröselt und geopfert.

Der größte Futterplatz ist zweifellos die flache sandige Bucht bei der Brücke. Dort wo tagsüber auch noch vom nahen Tierpark eigenartige Tropenvögel herüberkommen, langbeinige Strandläufer aus fernen Märchenländern und schwere wuchtige Schwäne, die wie überladene Chartermaschinen hier notwassern. Freilich, von manchen dieser Kostgänger behaupten die alten Rentner am Brükkengeländer auch noch fest und steif, sie wären bei dieser Mastkur längst so schwer geworden, daß sie den Zweimeterzaun vom Tierpark nicht mehr im Gleitflug bewältigen könnten und daß man sie deshalb sowieso mit dem Leiterwagerl in ihr städtisches Sanatorium zurückfahren müßte, wenn sie überhaupt jemals wieder heim wollten.

Die alten Feierabendgäste wissen überhaupt mehr als die anderen Gelegenheitsfütterer über die Vögel. Längst haben sie die besonders Auffälligen mit schönen Namen versehen und auf Adolar, Mata Hari, Jennerwein oder Schützenliesl getauft. Natürlich können sie auf Anfrage auch jedem erklären, um welche Sorte von Wasservögeln es sich bei den Hunderten von Exemplaren handelt. »Der da hinten, der Gefleckte, ja ja, das ist ein siamesischer Tempeltaucher und die zwei direkt daneben mit den weißen Ringerln um den Hals sind Holsteinische Hochzeitsvögel. O nein, bei den vorderen handelt es sich um ganz einfache niederbayerische Wurler.«

Verzaubert steht ein winziges Schneewittchen an der Wildenten-Bai, schaut die ungeheuerlich langhalsigen Schwäne an und sagt zur Mama immer wieder energisch: »Kalussell fah'n bitte, Kalussell fah'n!« Die Mama erklärt ihr zwar verzweifelt, daß die riesigen Wappentiere Lohengrins auf dem Rücken doch gar nicht ausgehöhlt seien, so daß kleine Kinder keinen Platz darin hätten. Aber das Schneeweißchen läßt sich nur unter Gewaltanwendung und sehr widerwillig von den herrlichen Ringelspiel-Figuren wegziehen. Da denkt sich die Mutter: »Wart nur, das nächste Mal auf dem Rummelplatz darfst nur mehr auf einem Kamel fahren, ein solches werden wir hoffentlich nicht auch noch auf der Straße treffen.« Manchmal aber, an frühwarmen Abenden, erscheint wohl dann auch ein verliebtes Pärchen am Entenstand. Und wenn sich dann vielleicht zwei der rudernden Schwimmer unbemerkt vom großen Schwarm lösen und lautlos ins nahe schützende Schilf paddeln, da kann es auch geschehen, daß der Franzl seine Franziska ganz heimlich und lieb ein bißchen in die zarten Rippen stößt und augenzwinkernd sagt: »Komm, Mädchen, machen wir's den Schwalben nach.« Und das leise Gekicher über die lustige Anspielung erstickt dann rasch in den kleinen dunklen Pfaden der verschwiegenen Anlagen in einem anderen tausendjährigen Frühjahrsgeräusch.

Gute Nachbarschaft

Die meisten Menschen bekommen schon sehr früh einen Nachbarn. Im Kindergarten und in der Schule zum Beispiel den Banknachbarn. Später dann den Nachbarn auf dem Arbeitsplatz, neuerdings auch Kollege genannt, und in der Betriebskantine den Tischnachbarn. Wem der liebe Gott einen Heimgarten beschert oder gar ein Häuschen, dem gibt er dazu natürlich ebenfalls einen Nachbarn. Die ganz spezielle und eigentliche Nachbarschaft entwickelt sich aber nur in den Mietshäusern. Dort kommen sich die Menschen schon wegen der modernen Bauweise bis auf dreißig Zentimeter und weniger nahe. Eine richtige Wohnungsnachbarschaft gedeiht nur waagrecht, nicht senkrecht. Der Mieter einen Stock tiefer oder höher wird nämlich nicht als Nachbar bezeichnet, sondern als »der Drunta« oder »der Droba«. Und wenn deshalb die aufgehängten Unterhosen vom Dritten-Stock-Balkon auf den zum Abkühlen hingestellten Kartoffelsalat tropfen, so kann das zwar zu einem Prozeß führen, aber keineswegs zum Bruch einer Nachbarschaft, weil ja gar keine vorhanden ist.

Die Nachbarschaft wird in den Mietshäusern hauptsächlich aus dem Gleichklang des Tagesablaufes geboren. »Geh, Frau Raschbichler, möchten S' ma net a Tass' Salatöl leihen?« Die Frau Schmeer lispelt's leise im Grätschschritt, das Startbein mit dem Kamelhaarhausschuh im eigenen Türspalt. Und die Raschbichler tut's nicht ungern, denn bei der um winziges schlechter gestellten Nachbarin ist halt jeden Donnerstag Matthäi am letzten. Es ist Ehrensache, daß der Hilfsbereiten dafür alle anfallenden Schwarteln, Flachsen und Knöcherln bescheiden verpackt an den linken Türpfosten gelegt werden. Für den molligen Kater Vinzenz. Daß die Frau Raschbichler das Eingewickelte vorher visitiert und sich so mancherlei eigene Gedanken darüber macht, steht ihr zu.

Die gute Nachbarin nimmt ihrer Stockwerkgefährtin, die halt gerade im Waschhaus ist oder von einem Wehdam gezwickt wird, auch die Milch und das »Sach« mit herauf. Und sie stellt ihr bereitwillig den zehnjährigen Sprößling zur Verfügung, damit er die Glupperl beim Wäscheaufhängen hält. Auch der Radio wird ausgelegt und das abonnierte Heftl »Der gestiefelte Ratgeber« entgegengenommen. Kritischer wird die Situation erst, wenn es darum geht, das Gas zu bezahlen. Oder wenn gleich gar einmal ein Packl mit einer Nachnahme kommt. Da kann es dann schon sein, daß die Nachbarin zweimal verleugnet wird, ehe der Briefträger dreimal schellt. »Wissen S' was, läuten S' doch daneben einmal. Ich hab's grad nicht bei der Hand, und die zwei sind sowieso sehr speziell miteinander.«

Ein wesentlicher Maßstab für die gegenseitige Zu- oder Abneigung der einzelnen Mietparteien ist zweifellos das Stiegenwischen. Während jede friedliche Hausfrau, die was auf ihren Ruf hält, selbstverständlich naß wischt und auch das Geländer und das Fensterbrettl nicht vergißt, läßt die Bißgurn vom dritten Stock klar erkennen, mit wem sie zur Zeit in Streit und Hader liegt. Denn wie käme sonst der zusammengekehrte Dreck ausgerechnet in den Türwinkel der Hacklin? Und warum ist bei der Witwe Besenzorn der Fußabstreifer mit einem trockenen Halbkreis ausgespart, als ob er krätzig wäre? Da soll sich dann noch jemand wundern, wenn es von so einer heißt: »Die ist ja so giftig, daß sie nicht einmal ihre eigenen Wanzen beißen mögen, weil sie Angst haben, daß sie daran eingehen.«

Eine gute Nachbarschaft beginnt meistens gleich beim Einzug. Aber sie endet unweigerlich an der Geruchszone der anderen Wohnung. Ein uralter Anstandskodex verbietet es auch einer lebenslangen Nachbarin, ihren Fuß über die Bohnerwachsgrenze hinter der Türschwelle zu setzen. Es hat deshalb auch nur symbolische Bedeutung, wenn in der Urlaubszeit die eine Partei sagt: »Gell, schaun S' doch hin und wieder nach bei uns, damit nichts fehlt.« Und die Nachbarin erwidert: »Da können S' ungeniert fahren, wir passen schon gut auf.« Der Wohnungsschlüssel wird weder abgegeben, noch würde er angenommen. Eine solide Nachbarschaft hält schon allerhand Belastungen aus, vorausgesetzt, daß es nicht ums Geld geht. Oder daß der Nachbar links dem Nachbarn rechts, wenn er gerade beim Frühstück sitzt, nicht direkt mit einem Bilderhaken den Hinterkopf annagelt.

Nur eins wird dem Nachbarn unweigerlich übelgenommen und

nachgetragen. Wenn er nämlich von selber auszieht. Denn die innige Gemeinschaft einer richtigen Hinterhofburg zerreißt man nicht einfach kalt und herzlos. Da gibt es überhaupt nur einen mittelmäßigen Grund, der eine solche Fahnenflucht entschuldigt. Wenn man nämlich aus dem Haus herausstirbt.

Das alte Trambahnhäusl

Immer stand es da. Das alte Trambahnhäusl. Winter wie Sommer, schiefergrau, ein bißchen gegen den Wind gestemmt und manchmal auch frisch gestrichen. »Bedarfshaltestelle«, hieß die Tafel früher, die an ihm angebracht war, und später auch »Tarifpunkt« oder »Zahlgrenze«.

Die ersten, die morgens kamen, waren die Heizer vom Gaswerk, die Leute vom Schlachthof und jene, die in die Großmarkthalle fuhren, ins Zitronenquetschwerk, wie sie sagten. Um sieben Uhr dreißig trafen sich dann die anderen Arbeiter am schäbigen Schilderhäuschen der täglichen Betriebsamkeit, etwas später war dann die Zeit der Schüler und Verkäuferinnen, und die letzten, die ihm zustrebten, waren die sauber geputzten Beamtenstiefel. Dann aber, den ganzen langen Vormittag und nach dem Mittagessen, gähnte das Trambahnhäusl schläfrig mit immerwährend geöffnetem Fichtenholzmaul vor sich hin, wobei es ihm jedoch keineswegs langweilig war. Denn es kamen ja die vielen Kinder zu Besuch. Das kleine Stationshäuschen war nämlich schon immer eine gewisse Wendemarke in der Ringelreihenwelt. »Bis zum Häusl deafds geh, aba weida ja ned«, hieß es da bei den besorgten Vorstadteltern. Und wenn die Winde im Wechsel der Jahreszeiten wehten, grauer dünner Regen fiel, oder auch an stillen sonnenwarmen Tagen, wenn die alten Mietskasernen müde herabblinzelten, trafen sich die Weigl Mädi, die Kastenmeier Evi mit dem kurzen Fuß und der eisernen Gehmaschine, zwei, drei von den siebzehn Kindern des Tapezierers Gräßlich und ein paar quengelnde Buben, die mit einem schmutzigen Gummiball Elfmeterschießen machten auf die angeschlagenen »Bekanntmachungen« im Straßenbahnkiosk. Als die ABC-Schützen dann auch schon richtig lesen konnten, besserte der Weidmann Alex mit Blaustift den Hinweis aus: »Das Unterstellen von Fahrzeugen aller Art in dem Wartehäuschen ist nicht gestattet.« Indem er nämlich das Wörtchen »nicht« kräftig durchstrich und so das kleine, städtische Schutzasyl zum allgemeinen Missbrauch freigab, wie er glaubte. Kurtchen Heiss indes suchte in dieser Zeit bereits emsig nach Billetten, die noch nicht benutzt waren. Denn seine Tante, bei der er wohnte, erklärte ihm immer wieder, daß die Leute heute so viel verlieren und achtlos wegwerfen täten, daß ein fündiges Bürscherl fast davon leben könnte.

Die Mädchen wiederum spielten mit einem großen roten Gummiball und sagten in rätselhaftem Sing-Sang: »Ich bin ein Student – und wasch' mir die Händ'.« Hin und wieder legten sie auch den Rehpinscher Marco in einen alten Kinderwagen zum Schlafen oder sie schimpften ihre sägemehlbäuchigen Fannis aus, die ihnen ihre minderbemittelten Mütter daheim als Puppenkinder genäht hatten.

Wenn es Spätnachmittag wurde, kamen dann die paar Rentner und Invaliden von der Anlagebank herüber und kritisierten fleißig und lange die Fahrgäste, die in den städtischen Starkstrom-Pullmann ein- und ausstiegen. Im Sommer aber freuten sie sich vor allem über die lustigen Anhängerwagen, die seinerzeit noch ohne Fenster fuhren und statt dessen weiß-blaue Markisen hatten, so daß nur noch die Blumenstöcke fehlten, und man hätte meinen können, die Trambahn schleppte gemütlich alte Miethausbalkone hinter sich her.

Wohl an die vierzig Jahre lang mag das Trambahnhäusl so dagestanden haben. Aber gestern kam ein riesiger roher Bagger und schlug diesen kleinen Bahnhof der Gemütlichkeit mit einem einzigen Schwung seiner Riesenfaust einfach k. o. Nur zweimal hatte der Kranführer pendeln müssen, dann krachte die winzige, sonnenmürbe Station zusammen und wurde auf die Seite gewischt wie ein Kartenhäuschen.

Zwei suchende Buben fanden gegen Abend zwischen den Ritzen des vermodernden Bodens noch einige Messingmünzen seltsamer Prägung. Der eine davon deutete auf das hakelige Kreuz, das auf dem Geld aufgeprägt war, und sagte: »Dieses Geld gilt nix mehr, hat mein Papa gesagt, das ist giftig.« Dann warfen sie es weg.

Nebenan der Rentner Sixtus Kamm erzählte der Müllfrau Gallig auch noch die Geschichte, wie sie einmal vor vielen Jahren die Resi Sonnenglanz tot im Wartehäuschen gefunden hätten. Vom Schlage getroffen.

Aber dann war das Trambahnhäuschen auch schon bald vergessen, als die neue breite Straße mit dem hohen Schienengleise gebaut wurde. Nur der städtische Straßenbahnführer Achaz Schmalgiebel läutete noch manchmal milde lächelnd – doch ohne Grund, wie die Plattformgäste meinten –, als er an der Stelle vorbeifuhr, wo einst das graue Bretterhäuschen gestanden hatte. Doch auch das war natürlich in Wirklichkeit nach der Betriebsvorschrift der städtischen Straßenbahnen verboten.

Auch ich war ein Firmling

Auch ich war ein Firmling mit lockigem Haar«, sagt der kahle Onkel Willi zum kleinen Tonerl und lächelt ein bisserl schief. Und weil doch der Anton Saladinger einer der fünfzehntausend kleinen Münchner Anwärter auf den feierlichen bischöflichen Backenstreich ist, erzählt er ihm, wie das seinerzeit so alles war, wenn dieser bedeutende Tag herannahte.

Da galt es zuerst einmal das Problem des Herrn Paten zu lösen. Freilich gab es in der Stadt damals eine Anzahl großer Wohltäter und Gönner. Zum Beispiel den Herrn Kaufhausbesitzer Uhlfelder. Oder einen hochangesehenen Brauereiinhaber. Diese Mäzene nahmen jedesmal gleich zwanzig Buben und mehr unter ihre gönnerhaften Fittiche. Aber meistens mußte sich ein Miethaus-Sprößling halt in seiner »eigenen Liga« einen »Göd« suchen. Höchstens, daß sich vielleicht der Kohlenhändler am Eck oder bei ganz artigen Kindern der Vorstand vom Mietgartenverein zur Verfügung stellte. Und bei der frommen Zeremonie seine schwere Hand auf die zarten Schlüsselbeine eines Gassenbuben legte. Beim Onkel Willi war's der Eisenbahner-Schorsch. Ein Stammtisch-Spezl vom eigenen Herrn Vater, der jedoch sehr viel schnupfte. Weshalb er vorher auch hoch und heilig versprechen mußte, am Vormittag des Festes seinem geliebten Laster restlos zu entsagen. Denn es konnte mit Recht befürchtet werden, daß der Pate Schorsch sonst womöglich gerade in dem Moment, in dem der Herr Bischof vor ihm stand, einen völlig ungeziemenden Nies-Reiz bekam. Ferner war da auch noch die problematische Geschichte mit der Firmungs-Uhr. Denn so ein Zeitmesser war in einer Mietskaserne des alten München gewiß so kostbar wie heute vielleicht ein Kreisel-Kompaß. Aber die Lösung war rasch gefunden. Der Onkel Willi bekam ganz einfach die Uhr vom eigenen Papa zu leihen. Aber nur für einen Tag. Sollte ihn dann später ein Schulspezl möglicherweise fragen, wo denn seine Festtagsuhr wäre, so hätte er zu antworten: »De is guad aufghob'n.«

Als passenden Anzug händigte man dem schmunzelnden Erzähler eine dunkelblaue Kammgarn-Kluft aus, mit Schinkenärmeln und einer Hose, die eine Handbreit über dem Knie endete. Der Anzug stammte vom Verwalter Karli. Er war eine Art Leih- und Pachtgabe an die armen Kinder des Hauses. Dazu kamen selbstgestrickte schwarze Wollstrümpfe, die entsetzlich juckten. Doch ein junger Asphalt-Indianer kannte nicht nur keinen Schmerz, sondern auch kein Kitzeln. Aus dem tadellos weißen Schillerkragen ragte am feierlichen Tag ein viermal gewaschener Hals. Und auf dem schnurgeraden Wasserscheitel prangte der schwarze Sonntags- und Beerdigungshut vom Familienvorstand. Mit zahlreichen gefalzten Einlagen der Sonntagszeitung unter dem Hutband.

Dem zu erwartenden sanften Wangenstreich ging das Gerücht des sechzehnjährigen Hausierer-Micherls voraus, der Herr Bischof hätte in dieser Hinsicht eine ganz saftige Handschrift. Doch am betreffenden Tage ging's dann trotzdem mit knarzenden Schnürstiefeln, knurrendem Magen, aber unerschrockenen Auges in das Gotteshaus Sankt Korbinian. Und das Ganze tat natürlich auch nicht weh, von dem Standbein des Paten Schorsch, das eine Zeitlang auf Willis jungen Zehen ruhte, abgesehen. Und als der leise Schauer der Frömmigkeit vorüber und verweht war, ging's zum nahen Stammwirt zum Weißwurst-Zuzzeln, wobei es rasch »vier zu eins« für den Herrn Schorsch stand, denn der war beim Essen selbstverständlich der Schnellere. Nachmittags durfte der Firmling unter Aufsicht des Paten zweimal die Uhr aufziehen und dann auf dem Hinterbrühler See eine Stunde Kahn fahren. Nachher waren beide vom Spritzen mit den Rudern so naß wie die Froschmänner.

Zum Abschluß des feierlichen Tages aber hatte die gute Mutter beim strengen Herrn Papa schließlich noch erwirkt, daß der Bub bis zum Anzünden der Gaslaterne auf der »Gassn« bleiben durfte. Allerdings mußte er dafür am andern Tag einen langen Schulaufsatz schreiben, und der hieß: »Die Firmung, der schönste Tag meines Lebens.«

Kleiner Wasserfall auf Rädern

Neben dem Eiswagerl mit den zwei vernickelten Schlafhauben, unter denen die süßen, kühlen Wonnen wohnten, gehörte für ein Vorstadtkind das Eintreffen seines großen Bruders, nämlich des Stangeneis-Fuhrwerks vor den dösenden Tafernwirtschaften und das Auftauchen des Spritzenwagens zu den kleinen Sensationen des Alltags. Die Eiswagen, von braven geduldigen Rössern gezogen, die gehäkelte rot-weiße Ohrenschützer gegen die Fliegenplage trugen und altes Brot ebenso gerne nahmen wie von Kinderhänden schüchtern hingehaltene Millidisteln, hielten gewöhnlich einmal wöchentlich vor der »Alten Zeit« oder dem »Letzten Pfennig«. Dann stiegen zwei Männer vom Bock, legten sich dicke Säcke auf die Schultern und öffneten die hintere Doppeltüre ihres Minus-Frachters. Mit spitzen Sticheln oder einem Elefantenhaken zogen sie nun die meterlangen eiskalten Burschen aus ihrem dämmrigen Verlies, schulterten die dreißig Pfund schweren Riegel und stapften – verfolgt von einem Rudel Gassenkinder – der Wirtschaft zu, unter deren Türe die Wickelschurz-Wirtin bereits mit dem großen Schlüsselbund schepperte. War einer der zwei Eisheiligen besonders gut aufgelegt, so kam es auch häufig vor, daß er die beim Ausladen anfallenden Splitter an das versammelte Gassenvolk verteilte. Und wer dann so einen Eiszapfen ergatterte, der schwor Stein und Bein, daß dieser viel, viel besser schmecke als das echte Speise-Eis, das ja übrigens meistens auch noch gefärbt war und deshalb stark ungesund. Mit dem tiefgekühlten Bolzen aber fuhren sich die glücklichen Besitzer so lange den zarten Schlund auf und nieder, bis der erstere total abgelutscht, der letztere aber ebenso entzündet war.

Die eigentliche Spezialstunde jedoch schlug der jungen Trottoir-Meute, wenn ein vorgeschobener Beobachter von der Straßenecke laut schreiend meldete: »Da Spritznwog'n kimmt!« Dann waren die barfüßigen Asphalt-Piraten einfach nicht mehr zu halten. Langsam kroch der grau gestrichene Saurier den Randstein entlang auf sie zu. Und ein glitzernder Perlvorhang strich über das sonnenwarme Pflaster. Manchmal, wenn das milde Nachmittagsgestirn einen besonders günstigen Winkel hatte, zauberte es einen herrlichen Regenbogen über den kühlen Schleier. Und die Buben oder Zopflieseln und sogar die artigsten Mama-Kinder bemühten sich nun geschickt oder total eingeweicht, unter dem siebenfarbigen Portal hindurchzuschlüpfen. Fegte die Gratis-Dusche aber gar waagerecht über die nachdampfenden Klinkersteine, dann hielten die jubelnden Plattfußindianer ihre zernarbten, dunkelweißen Beine mit hochgerafften Kittelröcken und aufgerollten Kniehosen in die erfrischende Dusche. Und der Rädelsführer, irgendein sauerkrauthaariges Schlüsselkind, ließ sich unter dem achtungsvollen Erschauern seiner Mannschaft den Wasserstrahl direkt in seinen weit aufgerissenen Brotladen spritzen.

Wenn das durstige Großstadtschiff schließlich vorne an der Hydranten-Ecke seinen blechernen Bauch leise schmatzend wieder füllte und nachher langsam anfuhr, dann hetzte die falsche Freundin Emma Züngerl die gutgläubige Eisenreich Susi mit leise zischelnden Worten auf: »Schnoi, jetzt gehts.« Und die Susi hielt in der Tat ihre schöne neue Schlummerpuppe Nanni ausdauernd in den städtischen Wolkenbruch. Bis daß sich sanft die Haare ihres Lieblings lösten, und die dumme Susi in ihrem winzigen Herzen erkannte, daß man ihr einen bösen, tückischen Rat gegeben hatte. Da weinte sie selber auch noch ein paar Tränen. Die zusätzlich auf die mißhandelte Nanni fielen.

Die uneingeschränkte Bewunderung des hinterdrein zockelnden Volkes jedoch galt dem Mann auf dem hohen Bock, der mit seinen zwei Schalthebeln wie ein richtiger Kommandant seine hunderttausend Wassertropfen dirigieren konnte. Knapp vorbei am freundlich grüßenden Briefträger fegte die nasse Bürste. Hier sparte er ein paar ratschende Mütter millimeterscharf aus und dort fuhr er leise streichelnd über die zwei Steigen Kopfsalat, die der Kolonialwarenhändler eigens zwecks einer solchen Berieselung an den Randstein gestellt hatte. Präzise wurde ein dunkler Halbkreis um den Schutzmann gezogen oder ein scharfer Keil zwischen eine stöckelnde Vorstadt-Orchidee und einen notwendig nachsteigenden Galan getrieben. Wie ein Scherenschnitt sah nachher das Pflaster aus. Der Picasso hätte es teuer verkaufen können.

Und immer wieder Kinder. Plärrend, neue Tricks erfindend, tollkühn oder patschnaß. Und oft blieben wohl auch alte Leute stehen und wiegten sanft lächelnd die Köpfe. Manchmal mag es sie womöglich auch ein bißchen in den müde gewordenen Füßen gejuckt haben. Die sie vielleicht sogar in memoriam gerne unter die Dusche ihrer Kindheit gehalten hätten. Wenn sie nicht längst mit einer weichen Boxcalfhaut überzogen gewesen wären. Genauso wie ihre Erinnerung halt auch.

Feierabend in der Einmaleinswerkstatt

Es sprudelt heraus wie warme Limonade aus dem Flaschenhals. Die gemischte Klasse 2b verläßt die Einmaleinswerkstatt, das alte Schulhaus. Und die Feierabendglocke kichert, als würde sie vom Schuloffizianten gekitzelt. Frühmorgens murrt sie immer. Aber jetzt schmeckt ihr Ton so köstlich wie Bratwürste und Erdbeereis. Bimilimibimdaratschkabas.

Der Käser Witschi gibt dem reifen Nachmittag sofort einen gewaltigen Spitz vor Freude. Weil er dabei seinen linken, auf Wachstum kalkulierten Halbschuh verliert, wirft er den rechten auch gleich hinterher. Ein echtes, ausgelassenes Wunderkind. Man könnte glauben, dem Witschi sein Vater wäre Fliesenleger. Dabei ist er doch nur Regierungsrat. Dann zieht der Schüler Käser seine zwei Spreizfußkähne verkehrt an. Und geht wie der Charlie Chaplin. Den er nie gesehen hat. Der Beifall seiner Freunde ist nur mäßig. Darum hüpft er anschließend rückwärts auf einem Bein. Direkt in die gußeiserne Straßenlaterne hinein. Die hat natürlich einmal wieder nicht aufgepaßt. Schnell wächst dem Witschi ein kleines Satanshorn am Hinterkopf. Die paar Tränen aber, die ihm der Schmerz über die zarten Wangen murmelt, fängt er sofort und geschickt mit hohler Zunge auf. Nicht viel besser ist der Martin Hunt. Kein einziges Wort ist von ihm herauszubringen beim Unterricht. Aber kaum schnuppert seine feuchte Nase die Vieruhrdreißig-Luft, plärrt er im hellsten Dur des Jungseins: »Die Welt ist schön, Mylord.« Sodann geht er sofort mit dem linken Fuß einwärts. Wie der Helmut Rahn. Zwar sagt die Mutter daheim immer: »Ich weiß nicht, warum unser Martin immer seine linke Schuhkappe heruntertritt. Ich kann die Schusterrechnungen schon bald nicht mehr zahlen.« Aber der Martin hat sich schon fest vorgenommen, wenn er einmal ein berühmter Flügelstürmer ist, kauft er seiner guten Mutti mindestens hundert Schuhe auf einmal. Lauter linke. Freilich, vorerst steht er wahrscheinlich noch nicht in Schöns Notizbuch. Aber dafür in dem vom Schuloffizianten.

Die ganz Kleinen werden auch noch häufig abgeholt. Der vornehme Herr Siebenzig zum Beispiel wartet gleich gar mit dem Zweihundertvierziger auf Klein Sophie-Madeleine. Und die bringt heute zum ersten Mal auch ihre Freundin mit, die artig knickst, bevor sie an Bord der schwarzen Arche geht. Herrn Siebenzigs Lächeln fällt milde auf sie nieder. Es ist doch die Kleine vom Rangierer Hochgesang. Und sowas nimmt er doch gerne mit. Man muß schon auch ein bißchen sozial sein.

Die Klasse 4a ist wieder einmal die letzte. Artig trägt der treue Korbinian Immer den Geigenkasten des Herrn Musiklehrers. Er streift fast das Pflaster damit. Emil Weinzierl rattert an ihm vorbei, den Kopf rot wie ein Geheimratskäse und pausenlos Zündstörungen schnalzend. Er ist ein Zweitakter unbekannter Herkunft. Keinen Blick schenkt der Zwack Georg dem Schulhausverwalter. Denn der hat ihn neulich gebeutelt. Indem aber der Georg einmal Feuerwehrhauptmann wird und die Schule sowieso einmal abbrennt, hat er jetzt schon beschlossen, keinen Tropfen Wasser zu liefern. Höchstens, vielleicht ...? Nein, nicht einmal das. Der Georg bleibt hart. Er ist ein Schlüsselkind. Das Schicksal des alten Schulhauses ist besiegelt.

Leberkäs mit Sauerstoff

Wenn den jungen Pärchen und auch den alten durstigen Isarauen-Wanderern die Kerzen der uralten Kastanien jedes Jahr aufs neue in den Maßkrug leuchten, so denken wohl die wenigsten daran, daß auch ihre Großeltern und ihr Urahndl bereits unter diesem grünen Himmel der kleinen Bierseligkeit saßen, den mitgebrachten Schweinsbraten und die Handkaserl auswickelten und nach einer kleinen Landpartie, die sie in einstündigem Anmarsch aus der Stadt in den »Flaucher« brachte, den lieben Gott einen guten Mann sein ließen.

Hundertzwanzig Jahre wurde diese stille Insel des Friedens dieser Tage alt, und gleichzeitig feierte der Wirt der letzten Einkehr, in der dem Gast noch kein Auspuffstutzen in den Mund geschoben wird, sondern wo er seinen Leberkäs mit naturreinem Sauerstoff verspeisen kann, sein achtzigstes Wiegenfest.

Der »Bornschlegel Hans« und seine »Adelheid«, ein wuchtiges, weißbeschürztes Denkmal an barocker Lebensfreude, gehören schon längst der Altmünchner Bier-Historie an. Denn die »Frau Wirtin« besitzt die sympathischsten Leberknödel-Hände rechts der Isar, mit denen sie die nahrhaften Riesenschusser fast von demselben Kaliber herstellt, wie sie einst bei der Sendlinger Bauernschlacht verwendet wurden. Auch ihre Holler-Küchl oder gar die schmalzigen Kirchweih-Nudeln, die sie dem Vernehmen nach noch nach uraltem Brauchtum über dem blanken Knie auszieht, würden sicher bei jeder Weltausstellung mit vielen Goldmedaillen bedacht.

Der Herr »Gasthof« andererseits schnitt den Preßsack schon immer nach dem Augenmaß ab, wobei er abschätzend nach dem »Hendl-Friedhof« des Bestsellers blinzelte. Seine größte Freude aber ist auch heute noch das Weißbier-Einschenken, das er keinem anderen überlassen will. Im traditionellen »Schaber« steht er dann bei dem alten gußeisernen Brunnen, aus dem der kühle Mangfall-Strahl pausenlos läuft und hält das gefüllte Glas immer wieder gegen das

Licht, damit ja kein Flinserl Fett oder sonst ein Fremdkörper mehr darin ist. Und langsam, mit schräg gesenkter Flasche und angehaltenem Atem wird das Einschenken zelebriert. Weil dabei natürlich kein bisserl Bodenhefe ins Glas kommen darf, ruft ihm wohl hin und wieder auch ein Zecher warnend zu: »Paß fei auf d'Häpfa auf, Hansä.«

Schon vor der Jahrhundertwende, als um das ehemalige Jagdhaus »Zum Flaucher« noch Füchse, Dachse und lüsterne Marder herumschlichen, kamen oft die höchsten Herrschaften in ihren Kutschen und Kaleschen vorgefahren. Später gehörte auch der Prinzregent Luitpold zu den Flaucher-Freunden.

Leider haben die Originale, die hier einkehrten, die Holzknechte, der »noserte Eichinger Sepp«, ein altgedienter Flößer oder die zwei Bandonium-Spieler, die gerne »Hoffmanns Erzählungen« und den »Tölzer Schützenmarsch« in die gelbe Nachmittagssonne dudelten, den Maßkrughenkel für immer ausgelassen. Aber zwischen den alten »Rehgweichteln« in der Wirtsstube, den Kummet-Geschirren an der Wand, den herbstlich lächelnden Wirtsleuten und bei der »Maria«, von der man wahrhaftig sagen kann, »die ist aus dem Stoff, aus dem man Kellnerinnen macht«, könnte es sicher auch die nächsten hundert Jahre noch so sein wie einst in der Postkutschen-Zeit. Wenn der entsetzliche Saurier Fortschritt nicht auch dieses Schwartenmagen-Eiland mit seinem unersättlichen eisernen Baggergebiß einmal auffrißt.

Der Weg allen Fleisches

Als der Chronist vor dem imposanten Weißwurstpentagon steht, das vor einiger Zeit in Obersendling erstanden ist, muß er leise lächelnd an jene Tage denken, wo er Hose und Weste noch in einem Stück trug. Damals war bei ihm der Donnerstag immer der wonnigste Tag der Woche, denn an diesem Tag gab es beim Metzgermeister Hieb in einer dunklen, dampfenden Waschküche, die ihm als Leberkäs-Laboratorium diente, um ein »Fünferl« eine Wurstsuppe. Und da standen dann die vereinigten Barfußläufer der Vorstädte mit ihren blauen Milliküberln schluckend, schnuppernd und manchmal fast schon bis zu den Knien »unter Wasser« vor dem Sudkessel, in dem ein verdrossener Schweinskopf und die manikürten Pfoten des nahrhaften Borstentieres zusammen mit zweihundert Leber- und Blutwürsten herumschwammen. Wenn die Buben Glück hatten und der Schlachtschüssel-Chef Pech, dann platzten wohl auch ein paar von den köstlichen Endprodukten Jolanthes im heißen Wasser auf und dann gab's ein Süpperl, von dem der liederliche achtundsiebzigjährige Rentner Donnergang immer lächelnd behauptete: »Des huift dem Vaddan wieder auf die Mutter.«

Samstag schließlich war dann der Tag des blauen Büchleins, in dem die ganzen Schulden der Woche säuberlich vermerkt standen. Und wenn die Mama schließlich die harten Silberlinge zum Ausgleich auf den weichen Gummiteller der gutmütigen Frau Hieb legte, dann verabreichte die ihrerseits jedem braven Kind feierlich wie in der kleinen Pfarrkirche ein Blattl blasse Gelbwurst auf die erwartungsvoll herausgestreckte Zunge. Hin und wieder trabte außerdem auch ein Gassenbub an und sagte das sprichwörtlich gewordene Verserl auf: »Bittschön, um a Zehnerl a Hundsfutter. Aber net gor so fett, damit's dem Papa net wieder schlecht wird.«

So war das eben in jener grauen Vorzeit, in der die Metzgerburschen noch einen schaukelnden Cowboy-Gang hatten, der davon kam, weil sie beim Radfahren mit den Beinen doch den Fleischkorb, der auf der Lenkstange lag, geschickt umkurven mußten. Und wo so ein Metzgerprackl von einem drei Zentner schweren Ochsenviertel keineswegs gleich so zusammengedrückt wurde, daß er nachher flach auf dem Boden lag wie eine Langspielplatte von Udo Jürgens.

In diesen Jahren, das heißt, noch ein paar Dutzend früher, hatten auch zwei Brüder namens Murr das Bratklopfen und das Weißwurstmachen gelernt. Wobei bestimmt auch manche herzhafte Perle aus edelstem Jungmann-Schweiß in die kälberne Gabe tropfte, was gewiß dazu beigetragen hat, daß die »bayerischen Bananen« weltberühmt wurden. Nun, die beiden, der Vinzenz und der Dominikus Murr waren noch von jener Sorte, die nicht gleich murrte oder maulte wie manche ihrer jetzigen Kollegen, wenn der Dreihunderter nicht sofort anspringt. Denn für sie hatte der Tag noch die erfolgbringende Überlänge von sechsundzwanzig Stunden. Und zusammen mit seinem Fleiß und den duftenden, saftigen Brotzeitquadern, die man hierzulande Leberkäs nennt, hat der Vinzenz dann auch den eigentlichen Grundstein zu dem gewaltigen Surhaxl-Sanatorium in der Münchner Hofmannstraße gelegt. In dem wöchentlich über hundert Rindviecher neben über tausend Schweinen und hundert Kälbern den »Weg allen Fleisches« gehen. Energisch befehligt und kontrolliert von »Karl dem Großen«, wie dieser »weiße Riese« in seinem makellosen Sauerbruch-Mantel in Zunftkreisen auch genannt wird. Verwaltet und vercomputert vom Töchterchen Eva, das ebenfalls wie eine Kandidatin für den »Dr. h. c. Filet« wirkt. Und assistiert vom Schwiegersohn Rudi, einem schwarzhaarigen Hünen, der irgendwie entfernt mit dem Ettaler Mandl verwandt sein muß.

Der Endverbraucher aber, dem einmal ein Einblick in das Reich des Münchner Kotelett-Kings und Mettwurst-Monarchen Karl Deuringer gewährt wird, hält wohl eine Zeitlang den Mund offen, wenn er sieht, wie sich wieder einmal die Zeiten geändert haben. Seit jener Ära, da vor den Metzgerläden noch ein gefleckter Hund an der Türe lag und in den »Fleisch-Hauereien« mit einer Scharfrichter-Axt auf die Suppenknochen eingedroschen wurde, so daß nachher mehr Splitter in der Bouillon schwammen als Fettaugen.

Auf dem Betriebsgelände der modernsten Schmankerl-Fabrik Vinzenz Murr, das etwa so groß ist wie ein ausgewachsener Fußballplatz, sieht man fast nie einen der sorgfältig gescheitelten trockenrasierten Salami-Ingenieure und Mortadella- Techniker hantieren, die auch nur einen einzigen Tropfen Blut auf dem frisch gebügelten Arbeits-Burnus haben würden. Weil sie doch vielfach nur mehr elektrische und thermische Befehlsstände überwachen, die an das Cockpit eines Jumbo-Jet erinnern.

Gleich hinter dem Chromnickel-Eingangstor hängen an schweren Laufschienen wuchtige niederbayerische Grunzer, von denen jeder einzelne mindestens so groß ist wie jenes Schwein, das man haben muß, um im Lotto einen Sechser mit Zusatzzahl zu kriegen. Bottiche mit Tausenden von Schweinszüngerln stehen herum. Und ein Gast mit etwas Phantasie mag sich vielleicht boshaft denken, wenn man alle diese Schlapper-Quasten für ein hinterlistiges Angebot zweckentfremden würde, könnte man ganze Völkerstämme »auf Kirchweih« einladen. Über eine halbe Million von diesen zarten Bleschln werden monatlich verarbeitet, berichtet der »weiße Riese« so ganz nebenbei. Doch meint er auch verschmitzt dazu, er könnte allerdings nicht verstehen, warum die Leute gerade solche Sachen so gerne essen, welche jemand anderes schon einmal im Maul gehabt hätte.

In der Bratwurst-Abteilung robotern gleich gar ganze Kolchosen fleißiger, geduldiger Frauen aus Balkanien. Still und ergeben passen sie die Würstl ab, denn sie wissen ja, daß sie sich nach Jahr und Tag immerhin auch eine kleine Datscha in ihrer Heimat von den beliebten Grill-Fingerlingen abgezwackt haben werden.

Gleich daneben aber wütet »Iwan der Schreckliche«, ein ringellockiger wildblickender Kurdistan-Riese, der mit seinen nackten Ringkämpferarmen in einer Pressack-Wanne herumrührt, so groß wie ein mittlerer Swimming-pool. Diese beliebte Feierabendroulade muß nämlich noch von Hand aus abgefüllt werden, damit die Ohrwaschl- und Backerl-Einlagen auch gleichmäßig verteilt werden. Da hat es sein Kamerad, der stille »Don« aus dem Kosakenland schon wesentlich besser. Der demonstriert nämlich weithin sichtbar, daß die Zeiten von Heinrich dem VIII., wo man die Knochen noch mit Klauen und Zähnen abfieselte, endlich vorbei sind. Denn diese Prozedur wird heute elektrisch vollzogen. Und so nagt denn der Don die Halswirbel der Kälbchen mit einem Schwachstromskalpell so sorgfältig ab, daß sie nachher so glatt sind und sauber wie die Henkel einer Kaffeetasse. Seine linke Hand steckt dabei in einem dicken, mittelalterlichen Kettenhandschuh, was ihm den Spitznamen »Götz von Berlichingen« eingetragen hat.

Unübersehbar, aber stramm in Reih und Glied baumeln in den Räumen für Geseichtes her duftende schwarze Speckseiten von der Decke. Finster wie die hausgeräucherten Seelen von abtrünnigen CSU-Mitgliedern. Während in anderen Lagerkammern die zarten Lendchen von holländischen Milchkälbern abgehängt werden, die bestimmt so edel und vornehm waren, daß sie überhaupt nur vierblättrigen Klee fraßen. Gewaltige Bottiche mit Lunge, Herz und Nieren erwecken irgendwie lose den Eindruck, als wäre der bekannte Förster aus dem Schneewittchen-Märchen ruhelos nur für die Firma Murr durch die Lande gezogen.

Und etwas abseits lassen auch noch zwei in unseren Breitengraden so rar gewordene Ochsen friedlich und glanzlos die Köpfe hängen, weil sie doch am linken Hinterlauf etwas befestigt sind. Ganze zehn Pfund Filet liefert so ein rarer Klauenhufer leider nur. Hinge es von der Nachfrage ab, dann müßte so ein Tellerfleisch-Eunuche allerdings mindestens einen Rücken haben so lang wie der Hunsrück im Taunus. Und wäre alles, was als Ochsenschwanz verkauft wird, tatsächlich von ihm, so würde das voraussetzen, daß so ein Rindviech hinten mehr Quasten besäße als ein Theatervorhang.

Ein arger Schauer erfaßt den Neugierigen ganz gewiß vor dem gespenstischen Kühlraum, in dem ein sibirisches Lüfterl bis zu vierzig Grad erzeugt werden kann. Da ist es drüben im Räucher-Silo schon entschieden gemütlicher. Denn dieser nimmersatte warme Bruder verschluckt als Fraß täglich mindestens eine stattliche, kleingehackte Buche, deren würziges Aroma er dann den mattglänzenden Nußschinken oder den strammen Landjägern vermittelt. Eine tückische Gruselmaschine ist andererseits ein mannshoher Roboter, gegen den die »Eiserne Jungfrau« aus den Folterkammern geradezu ein braves Massagegirl war. Denn wer diesem Ganzstahl-Ungeheuer in den Rachen fallen würde, egal ob Nichtraucher, Junggeselle oder Diabetiker. Er käme auf jeden Fall in drei Minuten am anderen Ende der Maschine wieder heraus. Schön sauber abgepaßt und zum sofortigen Versand bereit. Nichts bliebe von ihm mehr übrig als vielleicht noch eine kleine Erinnerung.

Das Viertel der Kindheit

Der alte Mann war lange in einer großen fremden Stadt gewesen und kommt nun wieder zurück in seine vertraute Welt. In die alte Heimat um den ehrwürdigen Maßkrugdeckeldom, die paar schmalbrüstigen Gassen, die von der Zeit noch nicht angebissen wurden, und den verschlissenen Föhn-Himmel, der immer ein bißchen aussieht wie jene blaue Seide, auf die einst die schönen König-Ludwig-Bilder gestickt waren, zusammen mit der Aufschrift: »Dem Bayernland starbst du zu früh. Dein treues Volk vergisst dich nie.«

Und an irgendeinem Tag, der weder rot im Kalender ist, noch sonst von einer feierlichen Bedeutung, zieht es ihn wieder einmal hinaus in sein »altes Viertel«, in dem er einst das große Glück erlebte.

Zuerst kommt er auf seinem Weg ins Gewesene an der ehemaligen Einmaleins-Werkstätte, dem alten Schulhaus, vorüber, das noch immer so dasteht wie in den verblaßten Tatzensteckerltagen. Unter dem Eingang bleibt der Grauschimmel ein bisserl stehen und nimmt eine kräftige Nase voll von dem Geruch, den er sein ganzes Leben nicht vergessen hat. Den herben Duft nach Bodenöl, Mädchenklassen, Hausaufgaben und frischgebackenen Pausebrotscherzeln. Dann sucht er mit den Augen nach dem Schreibwarengeschäft der Witwe Semmelweis, das es aber längst nicht mehr gibt. Heute befindet sich an der Stelle, an der sonst die dreiglockige Ladentür bimmelte, ein neuerbauter Wohnsilo. Und statt des alten Radiergummi-Bazars ist dort ein Wettbüro. Lächelnd muß der stille Herr dran denken, wie sie als Buben bei der Semmelweisin manchmal, wenn die neuen Schulhefte gekauft werden mußten, ein paar Abziehbilder geschenkt kriegten oder ein gepreßtes farbiges Kunstwerk für das Album, auf dem zwei Hände abgebildet waren, die sich ungeheuer fest aneinander einhielten und von einem Vergißmeinnichtkranz umzingelt waren. Auch die Räuberheftl gab's dort, die sich aber nur jene Buben kaufen konnten, die entweder irgendwo ein paar Bierflaschl stibitzt hatten und sie beim kurzsichtigen Wirt gegen das Pfand zurückgaben, oder die eine reiche Tante besaßen, die für einen herzigen Augenaufschlag ein Zehnerl springen ließ. Ferner wurden in diesem reichhaltigen Kaufhaus auch noch die Kapseln für die kleinen lächerlichen Blechrevolver feilgeboten. Ebenso wie Spritzdietzeln, die – an der Wasserleitung aufgefüllt – dann mit gezieltem Strahl durch offenstehende Parterrefenster entleert wurden. Und wenn man Glück hatte und die gutmütige Papiermatrone gerade nicht herschaute, erwischte man zumindest ein Gummischnürl, aus dem dann zusammen mit einer alten Haarnadel eine Schleuder entstand.

Vorsichtig geht der alte Mann nun den Randstein entlang, den er einst mit dem Schulranzen auf der Brust und heftig zischend mit angewinkelten Armen als Lokomotive zurücklegte. Dort, wo die Spielwiese zu Ende ging und heute ein vornehmer Tennisplatz liegt, war auch einmal der sagenhafte Waffelbruchpalast der Witwe Walli Wambach. Ein schmales, grüngestrichenes Standl, über dem in himmelschreiendem Größenwahn die Aufschrift »Trinkhalle« prangte. Dabei hatte in der ganzen Halle kaum ein verschlafener Nachmittag zusammen mit dem kolossalen Oberkörper der in viele Pullover gehüllten Witfrau Platz.

Nun ist der Pfadfinder ins Vorgestern endlich in »seiner Straß« angelangt. Das alte Haus selbst, hundertmal aus der nebligen Erinnerung aufgetaucht, ist durch moderne, sechsstöckige Wohnwaben ersetzt. Nur von dem Pflaster, das es einst umgab, ist noch ein kleines Stückerl, so groß wie ein Fleckerlteppich, wohl aus Versehen übriggeblieben. »Ene, Bene subtrahene, dive, dave, domino«, zählten sie dort auf dem warmen Trottoir als Kinder im ersten milden Licht der Frühjahrssonne beim Spielen aus. Und mit ihren dünnen Stimmen sangen dann die Mädchen, lächerliche Gänseblümchen im Brunnenwasser-Haar: »Alle Vöglein sind schon da.«

Einen Augenblick lang sucht er auch noch vergeblich nach der Abfallgrube vom Spengler Hundertmark. In der immer Matratzenfedern, Radlfelgen, alte Margarinekübel zum Fischerlfangen oder wenigstens ein Stück Zinkblech zu finden waren zur Anfertigung eines blitzenden Kriegsbeiles. Aber das hat nun Asphalt, Zement und Fahrbahn für alle Zeiten zugedeckt. Noch ein wandernder Blick nach den paar Heimgärten mit ihren Feuerbohnen, Salettln und Hasenställen, ein Hinüberblinzeln zu jener Strecke, wo die alte

Lokalbahn gemütlich vorüberpaffte, und die schwach verwehte Erinnerung an den wuchtigen grauen Aschentonnengaul, der immer reichlich Millidisteln und Löwenzahn vom Bahndamm bekam. Und dann erst ist es dem sentimentalen Spurensucher endgültig klargeworden: Daß von dem »Viertel« seiner Kindheit nicht einmal mehr ein Achtel übriggeblieben ist.

Wo die Isartalbahn die Brudermühlstraße kreuzte, befand sich Sigi Sommers Viertel der Kindheit.

Solang die grüne Isar …

Ganz unbewußt summt der alte Mann, der am hölzernen Brükkengeländer steht und verträumt ins Wasser schaut, die sinnige Weise: »Solang die grüne Isar …« in den Bart. Und er probiert es wieder einmal, was er als kleiner Bub doch so gut konnte, nämlich so lange in die sanft gleitende Flut hinabzuschauen, bis es ihm vorkam, als würde er mitsamt der Brücke flußaufwärts fahren. Leider aber hat wahrscheinlich seine Phantasie nicht mehr soviel Schubkraft, um dieses Phänomen aus den Barfußläufertagen noch einmal heraufzuzaubern.

Da fällt ihm auch wieder ein, wie er und seine Spezl irgendwo in diesen vielen Tümpeln, Gumpen und Altwässerlein einmal das Schwimmen gelernt haben. Den »Totenschwumm« zuerst, bei dem es eigentlich gar nichts zu tun gab, als die Luft einzuhalten und sich ganz flach wie ein Brett ins zweite Element zu legen. Und nachher dann den »Hundstapperer«. Eine Fortbewegungsart, die zwar noch nicht als olympische Disziplin bekannt ist, aber doch jeden »Hundsgribbe« zur Not über Wasser hält.

Damals bestand der Freizeitdreß eines minderjährigen Pflasterplatschers fast immer aus einer schleißigen Turnhose mit einem Gummigürtel, auf dem die ermunternden Anfangsbuchstaben des Altmeisters Jahn zu lesen waren, die besagen sollten: »Frisch, fromm, fröhlich, frei.« Und das waren die Besitzer einer solchen Leibbinde ja auch ganz von selbst. Sie waren sogar so frei, daß sie meistens mittags gar nicht nach Hause gehen brauchten, weil daheim auf dem Brotkasten sowieso ein Nikolaus draufgemalt war, damit sie sich nicht hintrauten. Und drum suchten sie häufig in den unermeßlichen Jagdgründen im Isarhochwasserbett auch ihre Wegzehrung selbst zusammen. Da gab es in den nahen Mietgärten, allerdings um den Preis einer empfindlichen Knöchelabschürfung, wenn sie die jungen Hände durch die Zaunlatten zwängten, herrliche frische gelbe Rüben, grasgrüne Stachelbeeren, schwarze Johannisbeeren, die nach Meinung aller Konsumenten nach verbrannten Wanzen schmeckten, und hin und wieder auch eine Handvoll Zuckererbsen oder zarte, grüne Bohnen. Die wilden Apfelbäume, Hagebuttensträucher und die kleinen Buschen mit Essigbeerln in den Anlagen lieferten dieselben Vitamine, wie sie heute von vielen Erwachsenen, in Zellophankapseln verpackt, gierig verschlungen werden.

Und dann erbrachte schließlich ein ausgedehnter Fischzug mit zusammengebundenen Taschentüchern oder einem raschen Griff unter die großen flachen Kiesel einen echten Präriebraten, wenn die Weißfischschwanzerl, an Weidenzweigen aufgespießt, über einem augenbrennenden Feuer geröstet wurden. Ein wahrer lukullischer Leckerbissen waren außerdem noch die in den Vorstadtgärtnereien stibitzten Kartoffeln. In heißer Asche langsam mehlig gebraten, wie man sie heute höchstens noch bei einer verruchten Gartenparty der leicht schizophrenen Society serviert bekommt. Kam dann vielleicht der gefürchtete »Staudenjager«, also ein Anlagenaufseher, zu so einem Festmahl, so mußte die gedeckte Tafel leider meistens im Stich gelassen werden. Denn der böse Hund des städtischen Sheriffs hatte zwar fast keine Zähne mehr, aber wie die Narben an manchen von ihm tätowierten Wadln bewiesen, konnte er auch mit seinem entmilitarisierten Kiefer noch recht schön quetschen. Ging der Fluchtweg dann über verschiedene Wasserarme, so wurden die in voller Montur überquert. Denn das gute, gelbe Zentralgestirn trocknete den fadenscheinigen Waldläuferanzug der Isar-Komantschen rasch wieder. Bis auf die Schuhe, die sowieso daheim irgendwo unter dem Ofen lagen.

»Solang die grüne Isar …«, pfeift der alte Träumer noch einmal durch die Zähne. Und er sinniert, daß wohl auch der bayerische Amazonas schon viele, viele Abenteuer hinter sich haben wird.

Bei dieser Vorstellung blinzelt er auch etwas hinüber in Richtung zur »Roßgumpe«. Jenem flaschengrünen Wasserloch, in das früher die Fuhrknechte am Samstagnachmittag ihre gewaltigen Cavallos hineinritten und mit ihnen schwimmend und manchmal auch abgeworfen ein derbes, prustendes und spritzendes Bad nahmen. Denn in dieser Roßgumpe ertrank später der Banknachbar des nachdenklichen Wandersmannes. Der Ministrant Micherl Siebengeiss, der das kalte Naß schon immer so fürchtete wie der Teufel das Weihwasser – was er bei jeder Gelegenheit auch betonte. Doch das ist schon so lange her, daß dem Mann eigentlich das tragische Gefühl längst entschwunden ist.

Und dabei fällt ihm etwas ein, was gar nicht recht in seine Stimmung paßt, und wobei er sogar ein kleines glucksendes Kichern nicht unterdrücken kann. Irgendwo hat er nämlich gelesen, daß in jedem Jahr rund zwanzigtausend Menschen während der Badesaison in der Isar das Schwimmen lernen. Und der Statistiker, der das herausbekam, hat auch noch glaubhaft nachgewiesen, daß dabei von den lernbegierigen Wasserpantschern mindestens einhundert Hektoliter Wasser geschluckt werden. Bei dieser Vorstellung nun dreht es dem alten Bierdimpfl vor Entsetzen direkt den Magen um. Weil er sich noch gut an den Ausspruch seines Großvaters erinnert, der ein gewaltiger Dreiquartel-Privatier war und seinen geliebten Enkel immer wieder mahnte: »Bua, trink ma bloß koa Wasser. Da wachs'n da bloß d' Frösch im Bauch davo.«

Brot der frühen Jahre

Wissenschaftler behaupten, daß ein Großstadtmensch seiner fünf Sinne nur etwa bis zum zwanzigsten Lebensjahr völlig mächtig sei. Denn nachher verkümmern sie, weil sie fast immer zuwenig gefordert oder benützt würden.

Aus ähnlichen Gründen haben nach Ansicht dieser vermutlich etwas boshaften Tester heute die meisten Menschen ihre Nasen nur noch deshalb, damit sie dieselben in die Angelegenheiten fremder Leute stecken können. Der Gebrauchswert der Ohren soll andererseits lediglich darin liegen, zu verhindern, daß ihnen der Hut über die Augen fällt. Die Augen selber dienen längst nur mehr zur Erhaltung der Brillenindustrie, und das Tastgefühl soll in erster Linie noch das Verwechseln von Hartgeld, Aufzugsknöpfen und Kopfwehtabletten verhindern.

Und was schließlich die Geschmacksnerven anbetrifft, so wird behauptet, daß die vielfach schon so abgestumpft sind, daß man einem modernen Menschen im Taumel seines Managerdaseins auch Bierfilzl statt Reibadatschi servieren könnte. Wobei sie dieselben vielleicht nur etwas nachsalzen.

An all das muß der alte Herr denken, als er vor der Auslage eines Buchladens steht und die Aufschrift auf einem Einbanddeckel liest: »Das Brot der frühen Jahre.« Dazu ist ein junges Ehepaar in einer Situation abgebildet, die keinerlei Zweifel daran läßt, daß es sich bei dem Imbiß, den die beiden zu sich nehmen wollen, um die Sache handelt, die man Liebe nennt.

Dem sanft lächelnden Mann jedoch, der selber schon längst jenseits von Straps und Streß ist, war von Anfang an ein ganz anderer Genuß in den Sinn gekommen. Nämlich das Brotzeitbrot. Jene kleine Vesper, die er und die Gespielen seiner Einmaleinszeit immer mit in die alte Bildungskaserne bekamen. Und die heute leider viele der übersättigten Wunderkinder postwendend in die Papierkörbe und Abfalltonnen der Schulhäuser werfen, so daß in einer Großstadt nach Feststellung der Müllabfuhr täglich bis zu zweitausend belegte Semmeln und Brot in die großen Heizöfen zum Verbrennen kommen.

Doch der harmlose Großstadtwanderer vor dem Bücherfenster denkt nicht zurück im Zorn, sondern lediglich an den unwiederbringlichen Duft, den für einen armen Schulbuben einst ein frischer Brotzeitwecken ausströmte. Und auch ein bißchen an die kernigen Bauernäpfel, welche die Tante Amalie manchmal vom Land in einem Korb in die Stadt brachte. Und an die blassen Butterwecken, aus denen beim Aufstreichen winzige blitzende Wassertropfen spritzten, so frisch waren sie.

Auch das unvergleichliche Parfüm von blutjunger sonnenwarmer Haut fällt ihm ein. Der herbe Geruch von frischgeschälten Weidengerten oder das köstliche Gefühl, wenn man sich direkt an die Wasserleitung im Heimgarten hinhing, ganz zu schweigen von dem Trunk aus dem Spritzwagenstrahl, was natürlich kein Elternteil sehen durfte.

Allerdings steigt andererseits noch einmal das Geranzel der Rohrnudeln auf, die der Hackl Waggi jeden Samstag strahlend in seinen dunklen Schusserfingern hielt und von denen in den ganzen acht Schuljahren, die sie miteinander verbrachten, nicht ein einziges Mal ein anderer Bub beißen wollte.

Und dann gelingt es dem nachdenklichen Mann in einem glückhaften Augenblick doch noch, vielleicht zum letzten Mal, die Atmosphäre seiner Barfußtage heraufzuzaubern, und er weiß auch, was das für ein seltenes Geschenk ist. Weil doch neben den fünf Sinnen sicher auch die einzige Freude der Spätherbstzeit, die Erinnerung, ebenfalls immer mehr verkümmert, bis sie einmal ganz versunken sein wird.

Da sieht er sich also noch einmal an dem graugrünen Ölfarbensockel stehen, der vor dem Klassenzimmer entlanglief, und an dem die Schüler in Zweierreihen Aufstellung nehmen mußten, wenn die Halbzeitglocke im dämmrigen Schulhaus bimmelte. Und er denkt an den Schwab Erwin, den Margarinebrothändler, der in den Zeiten der Aufsatz- und Rechenprüfungen seinen schmalzigen Schwarzbrotdiskus mit ihm teilte, weil er doch dafür abschreiben durfte. Die Fehler natürlich auch. Auch der Pirzer Rudi und der Götz Adi fallen ihm ein, zwei ausgehungerte Vorstadtpiraten, die ihre dunkle Semmel immer schon heimlich in der Religionsstunde unter der Bank ausgehöhlt hatten, wenn der Herr Kaplan gerade das Wunder von der Brotvermehrung erklärte.

Der gefräßige Bampfi Streb wiederum verzehrte seinen Marmeladendoppeldecker regelmäßig auf dem Weg zur Schule. Und er tätschelte anschließend liebevoll sein kleines Kartoffelbäuchlein und versicherte dazu: »Do drin is' am allerbest'n aufg'hobn.« Ach ja, die käsigen Niederleitner-Zwillinge hätte er beinahe vergessen. Die kriegten ihr Zwischengericht immer in einem ovalen Blechkübel mit, weil ihre Mutter in einem Auskochgeschäft arbeitete und die Resterl mit heimnehmen durfte. Manchmal war es alter Kartoffelsalat, den sie schweigsam und sehr schnell aus ihrer Armeleuteretorte herausschaufelten. Oder auch Nudelsuppe, Erbsenpüree und Grießmus. Alles kalt.

Gelbe Rüben, grüne Stachelbeeren, lange Buschbohnen und sogar Salatherzen waren die gelegentliche Wegzehrung der Allerärmsten, die solche Atzung einem kleinen Raubzug durch die nahen Mietgärten verdankten. Das Köstlichste aber blieb halt immer der lauwarme Anschnitt eines Zweipfünders. Jener herrliche Gaumenkitzel, den es für einen Buben in diesen Zeiten gab. Zuerst einmal wurde von dem neugebackenen Brotscherzl die »Molln«, das weiche Mark dieser Gottesfrucht, mit dem Zeigefinger herausgegraben. Und wenn es dann ganz hohl war, steckte man das halbe Gesicht mit der Nase voran in das duftende Kracherl, schnüffelte den säuerlich warmen Geruch tief ein und begann erst zuletzt die Rinde ein bißchen bedauerlich seufzend zu lutschen.

Der gute Herr Lehrer Zoller stand dann daneben und schaute seinen Buben schmunzelnd zu. Denn er wußte es ja längst, was seine Abc-Schützen manchmal erst dunkel zu ahnen begannen: daß nämlich nie mehr im Leben etwas so gut schmecken würde wie das Manna der Kindheit. Das Pausenbrot.

Entschwundenes Gartenglück

Unaufhaltsam fressen sich die großen Roboter in die wenigen noch verbliebenen Heimgartensiedlungen. Und sie zermalmen im Namen der Verkehrsentwicklung, des Fortschritts und der Städteplanung gnadenlos die liebevoll gezimmerten Salettl, die Mistbeete und sogar die unverdaulichen Felsbrocken des Alpinums mit knirschenden Schaufelgebissen. Die kostbare Erde aber, mit viel Schweiß, Hasenstalldünger und teuren Nährstoffen aus den Chemiewerken angereichert, schieben sie zu Bergen, um sie dann entweder als künstliche Mini-Alpen, mit dünnhaarigem Gras überzogen, oder irgendwo in Kiesgruben und Ruinentrichtern als wertloses Auffüllmaterial zu verwenden. Und wieder ist mit dem Scheiden dieser kleinen Rettichparadiese ein Stück Gemütlichkeit, ein grüner Fleck in der grauen Stadt und auch ein winziger Beitrag zu Brotzeit- und Gaumenfreuden verlorengegangen. Nur die Erinnerung bleibt den alten Gartlern noch, wie schön es einst in diesen Inseln des Friedens, der Tritschlerei und der überlangen selbstgezüchteten Gurken war.

Einen ganz besonderen Höhepunkt bildeten dabei gewiß immer die herrlichen Sommerfeste, wenn die bunten Lampions über den perlroten Johannisbeersträuchern schaukelten und der größenwahnsinnige Kopfsalat in den Himmel zu wachsen begann. Diese Feste waren weit über die Grenzen der oben zugespitzen Zaunlatten hinaus berühmt. Sie wurden zuerst einmal eingeleitet durch eine fanatische Unkrautaktion, an der sich, teilweise im Liegestütz, die ganze Familie beteiligte. Schlappe Tomatenpflanzerl wurden auf stramme Haltung gebunden, die jungen Kürbisse mit Bohnerwachs poliert und die Vogelscheuchen zwischen den Ananaserdbeeren zur Feier des Tages mit einem alten Schutzmannshelm dekoriert. Zufrieden spiegelten sich alsdann die Gesichter der erwartungsfrohen Familien in jenen farbigen Kugeln, die auf grünen Stangen steckten und ein glänzendes Zeugnis für die Geschäftstüchtigkeit eines längst verblichenen sächsischen Glasvertreters ablegten.

Der zweite Akt der Festvorbereitungen spielte sich unter Ausschluß der Öffentlichkeit ab. Während die minderjährige Mausi mit dem Rasierapparat des Vaters die Augenbrauen behandelte und mit ihrer Freundin im Waschspeicher »eins, zwei, drei« den linken Walzer übte, studierte der eingefleischte Gartler, der eine wichtige Vereinsfunktion innehatte, seine Rede ein. »Vadda, du bist da hechste – aba bloß, wennst vom viertn Stock obaschaugst«, kommentierte dazu der arizonalköpfige Sohn, und die Mutter richtete derweil die Preise für den Glückshafen her.

Das Fest selbst zerfiel in zwei Teile, den »Bunten Nachmittag« und die eigentliche »Lampion-Lauben-Nacht«. Am Nachmittag brach die siebenköpfige Verwandtschaft trotz der frischgestrichenen Schilder »Warnung vor den Legbüchsen« über den Heimgartler und seine Farm herein. Der mitgebrachte Schnauzl grub das Ananasbeet um, dessen kostbare Früchte vom Hausherrn eigenhändig numeriert worden waren. Der Garteninhaber erzählte dafür zur Strafe von seinen Zuchterfolgen, und schon bei der dritten Maß Schorle hatten die selbsterzeugten Radi die Größe von Sperrballonen angenommen. Hinter dem Häusl spritzte der Wastl das dreijährige Töchterchen des Besuchs ernst und sachlich mit dem Gartenschlauch ab, und wenn die Vevi schreien wollte, zielte er auf den Mund.

Schließlich ging man im Geleitzug zum Vereinsheim, vor dem der Kleingartenvorstand seine selbstgehäkelte Rede hielt, wobei er sich häufig nervös an das Haupt griff, das ein zehnjähriger Lauser, der über ihm in den Kastanien saß, mit Blasrohr und grünen Hollerbeerln beschoß. Gegen Abend wurde der Glückshafen verlost und ausgerechnet der Besuch gewann den ersten Preis, bestehend aus einem gestifteten Hirschgeweih, an dessen Zacken ein Packerl Tabak, eine Stockwurst und zwei Rollen saure Drops befestigt waren. Die Frau Vorstand erloste sich nur einen Kartoffelpresser, mit dem sie sich bei der eingehenden Besichtigung die Finger zwickte. Der Gartenwart aber, der die ganze Arbeit getan hatte, erhielt eine Schießscheibe, darstellend ein durchlöchertes Wildschwein, gegeben und gewonnen von Matthias Wechselschritt. Und das war er selber.

Die jungen Leute schlugen sich bei Dunkelwerden geräuschlos in die Stachelbeerbüsche. Der Lorenz trat dort auf die Zähne des angelehnten Rechens. Der hochschnellende Stiel traf ihn genau überm Auge. »Pflü-kähet die Rosää …«, tönte es dazu vielstimmig vom Vereinsheim herüber.

Die Gärtnerei Freyhammer an der Brudermühlstraße.

Schätze aus der Jugendzeit

Irgend jemand hatte die alte Schachtel einmal in die krummbeinige Birnbaumkommode auf dem dunklen Wohnungsgang abgelagert, und zwar in der unteren Schublade, die schon immer so zwickte, daß sie kein Mensch gerne aufmachen wollte. Doch die neue Zugehfrau mit ihrem unstillbaren Reinigungsfimmel hat sie unter leisen Verwünschungen doch noch aufgequietscht und den mürben braunen Karton darin gefunden. Nun steht dieser längst vergessene Pappendeckeltresor auf dem Tisch, und die gesammelten Schätze der Jugendzeit liegen ausgebreitet vor dem schmunzelnden Betrachter.

Da ist zuerst einmal die halb verrottete Taschenlampe mit dem Lederlatz zum Anhängen, am zweiten Mantelknopf von oben. Natürlich spendet sie heute nicht mehr Licht als vielleicht eine gelbe Rübe. Aber in der Zeit der allerletzten Mohikaner hatte wenigstens ihre dicke Linse einen großen Gebrauchswert. Weil man die doch als Brennglas benützen konnte zum Lagerfeuer machen. Und außerdem zum Erpressen, wenn ein Bleichgesicht am Marterpfahl war und beim Zusammenziehen des Sonnenstrahles auf der käsigen Bubenhaut gar bald verriet, wo die gelben Nuggets und die grünen geklauten Stachelbeeren her waren.

Aha, und der kleine schäbige Blechfrosch dort – dem brauchte man nur ein Batzerl Teer an die Blechfeder unter seiner grünen Haut hinpappen. Nachher konnte man ihn, wenn der Teer weich wurde und das Stahlplättchen hochschnellte, meterweit hüpfen lassen. Hallo, da ist ja gleich gar noch einer von den Drei-Pfennig-Angelhaken! Mit dem wollte der Wagner Schlucki, der seinen Spitznamen daher hatte, weil er soviel fraß, einmal Wildenten fangen, um sie zu braten und dann in seinen nimmersatten Schlund hinabzuwürgen. Aber dieser Bub war wohl sowieso durch und durch verdorben. Denn schon mit zehn Jahren ging er zur Arbeiterjugend, sang freche, ungebührliche Lieder und gewann dann bei der Maifeier auch noch regelmäßig das Wurstschnappen.

Ui, ja, wer war denn jetzt gleich dieser Mann auf dem uralten Greiling-Zigarettenbildchen? »Heini Altvater, Wacker München«, ist noch ganz schwach darauf zu entziffern, und darunter das verwischte Wörtchen: »Internationaler«. Auch der Robert Taylor glänzt einem auf mattem Salem-Gold noch einmal entgegen. Dem wollten doch die Jünglinge der ganzen Vorstadtstraße so liebend gern ähnlich sehen. Dem »Bertl« aus Hollywood.

Drei erblindete Aluminium-Fuchzgerl rollen über den Tisch. Zehn Semmeln hätte man damals für eines gekriegt. Warum hatte man sie bloß nicht rechtzeitig gekauft? Ach ja, was erblickt jetzt das wässerige Auge beim Öffnen eines zerdrückten Blechschachterls? Eine blonde Haarlocke. Die konnte nur von der Plunder-Mausi stammen. Und die Mausi gibt es sogar noch. Unter dem Bogen des Sendlinger Tores verkauft sie heiße Maroni. Die heiße Liebe der ersten Mahlzeit. Nur daß sie jetzt halt nicht mehr blond ist, die Mausi, sondern kitzgrau.

Und in einem gefalzten Papier findet sich ein winziger nachgedunkelter Schneidezahn. War das nicht vor mindestens hundert Jahren, als man sich diesen Mehlmusbeißer beim Bader Gossner reißen lassen wollte? Aber der hatte bloß gelächelt und gar keine Zange genommen, sondern den wackligen Kantonisten ganz schnell mit dem Daumen nach innen gedrückt. Und fertig war die Operation. Die alte Steinschleuder, die sicher ein halbes Dutzend Fensterscheiben, zwei bis drei Glühstrümpfe der Gaslaternen und eine nachgewiesene Beule am Hinterkopf des Hausmeisterbuben auf dem Gewissen hatte, reißt beim ersten Probezug entzwei und der Gummi verbröselt wie ein Butterteigplatzerl.

Bleibt eigentlich nur noch ein kleines Lächeln und ein Hauch von Kopfweh vom anstrengenden Erinnern übrig. Und der Entschluß, ob man das alte Graffel, zusammen mit den verstaubten Gedanken, beerdigen sollte oder nicht. Aber da hat man statt der alten Schachtel auch schon einen nagelneuen Schuhkarton hervorgeholt und alles schön sauber umgebettet. Mit dem dicken Zimmermannsbleistift will man auch noch das Wort »Souvenir« auf den Deckel schreiben. Doch schon beim »S« bricht der gichtige Graphit-Veteran ab. Das ist vielleicht auch ganz gut so. Denn absolut sicher ist man sowieso nicht, ob man das Wort nun mit »Vogel-Vau« oder mit langem »Eff« schreiben soll.

Treffpunkt Hydrant

Er gehörte zu den Wendebojen vieler Kinderspiele, war Treffpunkt, eiserner Kamerad und lieber alter Vertrauter der Ringelreihenzeit. Der Wasserhydrant nämlich. So wie die gußeisernen Randsteintanten am Eck, die Gaslaternen, die jeden Abend vom »Stangerlmann«, wie der Rentner mit dem geschulterten flackernden Leuchtstab hieß, entzündet wurden. Die Hydranten gehörten zum »Milieu« wie der gelbe Briefkasten, den Hunderte von Kinderfäusten energisch beklopften, wenn sie die Post eingeworfen hatten, damit der Brief auch ganz herunterfiel. Oder die Teppichstange im Hinterhof, auf dem der erste Bauchaufschwung geübt wurde und wo viele mißglückte Klimmzüge die dünnen Apfelstrudel-Ärmchen stärken halfen.

Auch die anderen Statisten der bescheidenen Vorstadtfreuden tauchen da wieder aus der Erinnerung auf. Die Tonnenpferdl beispielsweise mit ihrem verstaubten, geduldigen Schaumgummimaul, die Hausierer, deren heisere Warenangebote die geduldigen Mauern der Zinsburgen emporkletterten, die Lumpensammler, die Sägfeiler, die Krenweiberl mit den geblümten Kopftüchern und den großen schweren Kraxen auf dem Rücken, die Hofmusikanten und ihre unvergleichlichen Lieder vom grünen Wald, in dem die Drossel sang, und dem Fremdenlegionär. Die Eiswagen der Brauereien rollen noch einmal vorüber, bei denen man sich einen Brocken Stangeneis erbetteln konnte, und gar die Spritzwagen mit ihrer kühlen Gratisbrause. Hatte man ein besonderes Glück, so tankte dieses Großstadtkamel vielleicht auch gerade am Hydranten vor dem Haus. Und dann sperrte ein uralter Mann mit einem struppigen Sauerkrautbart ein kleines Türl an dem städtischen Wasserspender auf und ein dicker Schlauch wurde angeschlossen.

Doch auch sonst hatte ein Hydrant noch allerhand Gebrauchswert bei den kleinen Barfußläufern. So war er für alle hoffungsvollen Volksschüler von der sechsten Klasse aufwärts ein Prüfstein für die erste Mutprobe, wenn es galt, diesen stummen Diener in der Grätsche zu überspringen. Und in den Ferien beim Versteckerlspiel stand er abermals im Mittelpunkt, und das »oans, zwoa, drei für mi« klingt wohl heute noch vielen späten Träumern aus den Jahren hinter den sieben Bergen herüber. Die größeren Bürscherl trafen sich abends fast überall am Hydranten, rauchten lässig und mit mürrischen Lippen die ersten verbotenen Zigaretten und einigten sich dabei schnell, daß der Torwart vom FC Gichtbruch tatsächlich der momentan dümmste Mensch sei.

Manchmal aber stand auch mit Kreide irgendeine wichtige Feststellung auf dem Ölfarbengrund zu lesen, wie zum Beispiel: »Die Leni spinnt.« Oder auch: »Der Frans ist ein Af.« Nun, solche Kinderaufschriften haben natürlich die Eigenschaft, daß sie schnell verblassen und verbleichen. Auch Gaslaternen verlöschen gern, wackelige Leiterwagerl werden eingeheizt und pflastermüde Tonnenpferde traben eben letzten Endes alle nach Walhall. Warum sollen da nicht auch die Hydranten verschwinden. Tatsächlich gingen bisher in München über zehntausend von ihnen in den »Untergrund«. Das heißt: sie wurden durch die praktischen, weniger verkehrsstörenden Unterpflaster-Wasseranschlüsse ersetzt. An denen man sich allerdings weder anschlagen noch anlehnen kann.

Kleine weiße Wonnen

Jede Stadt hat ihre Bergerl, Buckl, Hügelchen, Böschungen oder Dämme. Draußen am Fluß etwa das sanft abfallende Hochwasserufer. Oder jene Unglückshaufen, die aus zermahlenen Schlafzimmern und Reihenhäuschen entstanden sind. Auch flache Kiesgruben, Hänge oder den Erdaushub bei neu erbauten Miethäusern gibt es fast überall. Wenn nun Konditormeister Winter diese Erhöhungen und Häufelchen mit seinem kalten Puderzucker überzogen hat, dann naht auch gleich das kleine Volk der Wichtelmännchen und Zwerge mit hölzernen Kufenkutschen.

Und sie fahren, baucherls, rücklings, gekoppelt als Ural-Expreß und liegend aufgesessen. Damit die Kreisel Lula ja recht weich sitzt, legt sich das mollige Schwesterlein Gerda willig als Unterlage auf den harten Hopsassa-Mercedes. Amazönchen Lula sitzt auf. Und dann jubiliert sie und kräht. Wie ein gekitzelter Kirchturmgockel. Kein Zweifel: Höchstes Glück der Erde ist auf dem Rücken der Gerdi. Und Frau Mutter blicket stumm – und stolz und glücklich um und um.

Die Erwachsenen stehen vor schweren Problemen und Aufgaben. Sie balancieren säuerlich schmunzelnd zwischen Autorität und Lächerlichkeit. Mit viel zu ängstlich gegrätschten Beinen reißen sie rasch das bißchen Piste bremsend bis auf die dunkelkiesige Leinwand auf. Aus dem Schürzenwickel wuchtiger Tanten blicken witzig vermummte Kinder wie junge Känguruhs aus mütterlichen Bauchtaschen. Wenn die braven Tanten fallen, lachen sie verlegen und keuchen wieder bergwärts, die Rutschmaschine mit dem feixenden Sprößling an dünner Schnur im Schlepptau.

Manche Sippen sind auch vollzählig angetreten und bilden eine lange Seilschaft Hand in Hand den Berg hinab. Wenn dann der sechsjährige Familienterrorist Edi bis auf die halbe Höhe geliftet ist, rutscht die Oma todsicher aus. Und dann liegen sie da. Und es heißt frei nach dem Dichter: »Urahne, Großmutter, Mutter und Kind, auf schiefer Bahn gestrauchelt sind.«

Hingegen die frechen Buben! Dort der Gori Gaul etwa. Er probiert's jetzt einmal stehend. Nur die Zugschnur seines Schlittens in den Händen, sonst kühl bis ans Herz hinan wie Ben Hur: »Aus der Boh, wer net Schlinfahrn ko!« fordert er laut und fast ohne Dialekt, startet – und stürzt sofort einem hochkeuchenden Endvierziger genau unter die wackeligen Unterschenkel.

Der Herr plumpst gleich einem Maltersack. Den linksgestrickten Sonntagspullover schiebt es ihm rasch bis zum Kinn hinauf wie einen Halswickel. Hosenträger und allerhand Rheumatismus-Konfektion werden sichtbar. Durch eine waghalsige Körperrolle gelingt es jedoch dem Gestürzten, wieder Fuß zu fassen. Sofort greift er sich den nächstbesten Nachwuchssportler und gibt ihm einen gepflegten Backenstreich. Ausgerechnet aber hat er den käsigen Oberlehrer-Oskar erwischt, der sofort zu nässeln beginnt. Dann geht der Mann aufrecht und sogar mit etwas Hohlkreuz heim. Erst hinter der nächsten Straßenecke beginnt er zu hinken.

Auch ein paar ganz garstige Kinder tummeln sich zwischendurch. Naht da nicht im Struwwelpeter-Aufzug der Hausmeister-Jacky? In die Zitherstunde soll er gehen mit seinem schwarzen Kasten. Und die Tonleiter üben. Vorher möchte er jedoch ausprobieren, ob er den gräßlichen Melodien-Sarg nicht besser als Schlitten verwenden kann. Und er tut's, setzt sich drauf und rodelt. An einen versteckten Stein hin, daß die Saiten hell erklingen. Heißa. Wie wird er heute aber falsch spielen. Vielleicht schickt ihn der alte Lehrer gleich ganz heim.

Nicht viel besser ist der Michael Jordan. Der verwechselt gar seinen Einmaleins-Tornister mit einem Bob. Und rutscht ab damit. Unten geht der Riemen auf, und die Aufsatzhefte liegen im Schnee. Aufgeblättert und mit vielen roten Verzierungen zwischen den Zeilen.

Etwas abseits rodelt die alte Zeit: eine Nurse und zwei stille Herrschaftskinder, in kostbares Rauchwerk gehüllt. Nur ein einziges Mal fährt die Gouvernante vorsichtig ab mit den Prinzessinnen Schneewittchen und Rosenrot. Dann entschwindet sie wieder stumm und für immer über die weißen Wiesen.

Schlittenfahren am Neuhofer Schuttberg.

»Uff Uff«

Am schönsten war es immer am Sonntagvormittag. Wenn mein Vater unsere Großmutter fesselte. Da stand die alte, leise lächelnde Frau vor einer riesigen Schüssel in der Küche und rieb die Kartoffeln für die Feiertagsknödel. Mein Vater, der große Häuptling »Abendwind«, schwang unter der schwankenden Gaslampe ein Wäscheleinen-Lasso, zielte, warf und fast jedesmal senkte sich dann die Schlinge um unsere Oma. Unterdessen hatte »Bull Brake«, meines Alten jüngerer Bruder, ein Bügelbrett an die Küchentüre gelehnt und darauf in Augenhöhe den Kopfsalat für das Mittagessen montiert. Dies sollte wohl ein Marterpfahl sein, an den ein schuftiger Renegat gebunden war. Denn mein Onkel warf mit scharfen Messern nach dem grünköpfigen Halunken immer knapp links und rechts vorbei. Manchmal allerdings traf er den grasigen Verräter auch mitten ins Herz, so daß er schmerzhaft die Blätterohren hängen ließ. Aber das machte nichts, denn er kam ja sowieso bald in die Salatschüssel.

Meine Mutter, längst an das Leben einer ergebenen Squaw gewöhnt, schüttelte nur manchmal heimlich den Kopf zu diesem Treiben, während ich selber mit winzigem Kriegsgeschrei vor dem kleinen Hasenstall hin und her sprang, der auf unserem Balkon stand und den erstaunt blinzelnden »Belgischen Riesen« bedrohte. Schon in frühester Jugend machte mich mein alter Herr mit der glorreichen Vergangenheit des sterbenden Indianervolkes bekannt. »Sitting Bull«, der rote Napoleon, war mir schon weit früher ein Begriff als der Fürst Bismarck. Und an der Wand unseres gemeinsamen Schlafzimmers hing ein riesiger Farbendruck, welcher das blutige Ende darstellte, das der große schweigsame Chief dem Reiterheer des amerikanischen Generals Custer bereitete, als er am Little Big Horn drei Kavalleriebrigaden bis zum letzten Mann aufrieb.

Die Stämme der Dakotas, der Sioux, die edlen Blackfoots, Delawaren und Cheyennes kannte ich längst vor den Schwaben oder Sachsen. Und ich wußte schon, wohin der Rio Grande floß, bevor man mir sagte, wo die schöne grüne Isar entsprang.

Etwa im siebten Jahre meiner herrlichen Kindheit mochte es gewesen sein, da bekam ich dann meine Feuertaufe. Es war ein Tag, an dem meine Mutter in die Stadt gegangen war, um billige Äpfel zu kaufen. Es wurde teures Obst. Denn mein Alter nahm mich bei der Hand, und wir gingen ins Schlafzimmer. Dort schnitt er in eine alte Schuhschachtel ein Loch, stellte eine brennende Kerze hinein und leimte diese kleine Laterne dann an die Wand. Ich mußte mich auf den Boden setzen wegen des Rückstoßes und mit beiden Händen den Griff eines sechsschüssigen Colts umspannen. Während mein Vater hinter mir saß und mich festhielt. Dann versuchten wir das Licht auszuschießen. Schon beim ersten Donnerschlag löste sich ein pfannkuchengroßer Mörtelfleck vom Verputz und als die Trommel leer geschossen war, saßen wir im Pulverdampf und Mörtelstaub. Da kam dann plötzlich eine unwiderstehliche Kleinkaliberwut über uns und nacheinander nahmen wir den gräßlichen Dornauszieher auf der Kommode, die Strohblumen vom Vertiko und sogar das linke Ohr der Gipsbüste vom Prinzregenten Luitpold unter schweres Feuer. Bis endlich nach einer halben Stunde eine gewisse seelische Erleichterung eintrat. Dann nahm mich mein Vater, der Häuptling, wieder bei der Hand und wir gingen in die nahe Wirtschaft, um dort die Heimkehr unserer Mutter abzuwarten.

Manchmal hielt der Wildwest-Verein im Isartal auch ein Sommerfest ab. Da wurde dann über offenem Feuer saftige Büffellende gebraten und von vielen Gästen augenrollend verzehrt. Erst später erfuhr ich, daß diese Büffellende vom Pferdemetzger Hieb stammte. Von dem die Leute manchmal recht gern erzählten: »Beim Hieb ist wieder weiße Woche. Er hat einen Schimmel geschlachtet.«

Nun, vor zweiundzwanzig Jahren ging mein Vater in die »ewigen Jagdgründe« ein. Es war ihm vergönnt, als Mann zu sterben. Als ich ihn zum letzten Mal sah, saß er aufrecht und stumm im Bett und ich mußte an das Gedicht denken, das er oft zitiert hatte: »Vor seinem Wigwam im Wald, saß der letzte der Mohikaner. Erloschen das Auge und kalt.«

Der Professor, mit dem ich nachher sprach, sagte sinnend: »Welch ein Glück, wenn sich ein Mensch die Ideale seiner Kindheit bis ans Ende seiner Tage bewahren kann.«

Monate nach seinem Tode kam eines Tages noch ein verknitterter Brief an. Aus Arizona. Zehn abgegriffene Dollarscheine waren drin und ein paar ungeschickte Zeilen. »Für Blumen auf meines Vaters Grab« hieß es. Ein paar echte alte Indianer aus der Reservation hatten sie gesammelt. »Uff, Uff«.

Mag sein, daß mein Vater nur ein kleiner unbedeutender Arbeiter aus einer Münchner Vorstadt war. Für mich bleibt er immer der große Häuptling »Abendwind«.

Fred Sommer, Häuptling »Abendwind«, war Hauptgründer des Cowboy-Club-München 1913 e. V.

Der Stolz unserer Straße

Weil in einer Vorstadt das Leben meist hart und herb ist, lernen die kleinen Buben rasch, das handwarme Geld, das ihnen die Mama zum Milchholen mitgibt und das ihnen die größeren Halunken abgaunern wollen, zu verteidigen. Und aus diesen Notwehr-Bürscherln werden dann später nicht selten gute Ringer, Boxer oder Judo-Kämpfer. So auch in jener Straße, in welcher ich aufwuchs. Da gab es gleich drei Deutsche Meister im Boxen. Und im Viertel nebenan wohnte der Schleinkofer Biwi, der sogar eine Silber-Medaille bei den Olympischen Spielen gewann. Auch die zwei Schmidt-Buben, die als erste in der Welt die Matterhorn-Nordwand bestiegen, gehörten dazu. Sie entstammten, ebenso wie die Sedlmeiers, einem berühmten Bergführer-Geschlecht, von denen der Max allerdings in der Eiger-Nordwand umkam. Und nicht zu vergessen die vielen Fußballer-Größen, die aus diesen Revieren kamen. So einer war auch der Georg Bayerer, mit dem ich acht Jahre den gemeinsamen Schulweg zurücklegte. Bei uns hieß er jedoch nur der »Buale«. Die Bayerer-Kinder hatten genau dasselbe wie die anderen alle auch. Nämlich zwanzig Stallhasen auf dem Balkon oder in den langen Wohnungsgängen, dazu ein latentes Hungergefühl im Bauch und meistens nur ein einziges Paar Schuhe. Deshalb gingen wir alle bis zum November hinein barfuß. Schwer beneidet von den halbreichen Beamten-Bälgern, die ihre weichen Kommunion-Stiefel selbst im Hochsommer tragen mußten. Das Barfußlaufen mag möglicherweise dazu beigetragen haben, daß der »Buale« ein so feines Gefühl in seine Vorderhufe bekam. Denn er konnte eine Kastanie mühelos aus fünf Meter Entfernung in ein Mauseloch hineinspitzeln.

Später, als er als Fußball-Talent klar erkannt war, sagte der Lehrer öfter zu ihm: »Bayerer, du hast halt deinen Verstand in den Beinen.« Und bereits mit sechzehn Jahren war der Georg Bayerer dann der jüngste Liga-Spieler in ganz Deutschland und durfte bei Wacker München in der ersten Mannschaft zusammen mit dem renommierten Linksaußen, dem Nationalstürmer Heini Altvater, passen und dribbeln. Zu seinem Linksaußen mußte er allerdings selbst als anerkannter Mannschaftskamerad während des Spieles immer noch »Sie« sagen: »Sie, Herr Altvater, schpieln Sie bittschön zu mir, ich schtehe frei.« Als Entlohnung gab's in dieser Sportler-Aera bei Gewinn sieben Mark fünfzig für die gemeinsamen Kicker. Bei verlorenem Spiel nix und »G'schimpfte«. Dazu ist aber der »Buale« ganz schön weit herumgekommen. Bis nach Augsburg, Bamberg und Ingolstadt sogar. Und später einmal nach Budapest. Dort erhielt die siegreiche Elf dann als Entgelt ein Speiseeis, das sie auf einer Anlagenbank verzehren durften. »Buales« große Leidenschaft aber waren die Kartoffelknödel. Und als er wieder einmal zehn Stück davon verkonsumiert hatte und auf dem Spielfeld ausschaute, als wäre er von unten auf den Rasen angeschraubt, schrieb die Zeitung über ihn: »Bayerer ›stand‹ wieder einmal in gewohnter Form seinen Mann.«

Bis vor kurzem stand der »Buale« auch heute noch immer. Nämlich sieben Stunden in seinem Schreibwaren- und Toto-Geschäft, das er jetzt aufgegeben hat. Nur spielen tat er da selber nicht mehr. Das machten die anderen für ihn. Dafür darf er jetzt Kartoffelknödel essen soviel er will. »Sieben Stück meistens«, gestand er mir erst gestern.

Glück mit Glasscherben

Nur etwa zwölf Prozent aller Münchner Schulkinder können in den Ferien aufs Land fahren. Die übrigen 53 000 aber finden für sechs Wochen eine kleine paradiesische Welt in den Toreinfahrten alter Mietshäuser, in Hinterhöfen und Ruinen. Es gehört zu ihren Sommerfreuden, auf den Gehsteigen mit Kalkbrocken rätselhafte geometrische Figuren und magische Kreidekreise zu malen.

Die Vevi, mit einer blauen Propellerschleife im Haar, die zwei Pfaffinger Deandl und der Ströbl Peppi, der Hose und Weste noch in einem Stück trägt, spielen »Glasscherbals«. Im Takt klatschen ihre bloßen Füße auf die heißen Pflastersteine, wenn sie die Felder der Kreise und Quadrate, auf einem Bein balancierend, den Glasscherben auf den Zehen des hochgehobenen Fußes, durchhüpfen. Auf einem kleinen Rasenstück im Hof, das aussieht wie ein abgetretener Fußabstreifer, drehen sich fünf Mädchen im Ringelreigen. Dünn und schrill klingt ihr Lied: »Drüben am Carolasee.« Regelmäßig alle drei Stunden kriegt der Ströbl Peppi Hunger, und dann klettert ein energischer Ruf die blatternarbige Fassade hinauf zum dritten Stock: »Muadda, bittscheen, schmeiß ma a Schtückl Brot runter!« Und über allem scheint die Sonne nicht weniger kräftig als am Ufer des Chiemsees.

Die kleinen Bewohner der Bruderhofstraße (rechts: Helga Sommer).

Zahme Fluten

Ein richtiger Münchner Großstadtbub erlernte das Schwimmen meistens schon im frühen Kniehosenalter. Und mit der Maggibüchse auf dem Rücken sah man in den Ferien und der Jahreszeit des Barfußlaufens ganze Rudel narbiger Asphaltbambinos hinunterziehen an den grünen Strand der Isar. Auch getrocknete Schweinsblasen waren als Rettungsbojen allgemein anerkannt. Und ebenso natürlich die soliden Schwimmgürtel aus eckigen Korkstücken, die aber meistens nur von braven Beamtenkindern stolz und schräg über die Brust getragen wurden. Wer entsprechende Beziehungen hatte, konnte vielleicht auch mit einem vierzehnmal geflickten und nicht ganz hochseetüchtigen Radlschlauch aufwarten. Oder gar mit einem alten Autoschlauch. Allerdings eigneten sich diese Riesen-Luftwürste hauptsächlich nur für Fortgeschrittene, denn die winzigen Knirpse, die auszogen, um das zweite Element zu erobern, fielen in dem Loch in der Mitte einfach durch.

Mit diesen Requisiten ausgerüstet, war es für den Stolz von der Au oder den Schrecken von Sendling nicht mehr schwer, den »Schwumm« zu erlernen. Den Seitenschwumm, den Totenschwumm oder wenigstens den Hundstapperer. Neben dieser regulären herkömmlichen Art, maritim zu werden, gab es noch ein weiteres, ziemlich brutales Rezept, um jemand im Umgang mit dem Aqua vertraut zu machen. Nämlich ihn einfach hineinzuwerfen. Diese Methode hat aber ebenso viele Befürworter wie Ablehner, und die Wissenschaft ist sich heute noch nicht ganz über den sportlichen und moralischen Erfolg solcher Wiedertäufer einig.

Die dritte Möglichkeit, sich über Wasser zu halten, besteht darin, einen ordentlichen Schwimmkurs in einem der städtischen Bäder zu absolvieren. Dieser dauert ein Vierteljahr und wäre, wenigstens in grauer Vorzeit, für einen gewöhnlichen Schusserdieb niemals in Frage gekommen.

Aber gerade von der reiferen Jugend werden solche Abendkurse,

1989

die unter der Anleitung fachkundiger Bademeister stattfinden, gerne besucht. Besonders in der kalten Jahreszeit. So daß es also heißt: Man schwimmt nicht nur zur Sommerszeit, nein auch im Winter, wenn es schneit.

Schließlich nach Tag und Monat können die Schüler dann doch den zahmen Fluten übergeben werden, und oh Wunder, das brave Wasser trägt sie geduldig. Natürlich aber gibt es immer wieder ein paar, die hartnäckig und verbissen untergehen. Als hätten sie zum Frühstück Blei-Stifte geschluckt. Sie können es wohl einfach nicht glauben, daß es auf dem Grunde des Volksbades längst keine Perlmuscheln mehr gibt. Für die hilft dann wohl nichts anderes, als daß sie sich freiwillig zur Marine als Froschmänner melden.

Die Brücke El-Schin-dar

Der hundertjährige Isarübergang etwas südlich von Thalkirchen hat drei Namen. »El-Schin-dar« heißt er bei manchen Vorstadtbuben noch, weil es in dieser Gegend schon immer nach Kara Ben Nemsi, Hadschi Halef Omar Ben und Karl May roch. »Schintabruggn« sagen meistens die älteren Münchner dazu. Denn dort hauste vor vielen, vielen Jahren auch der »Schinder« der Stadt. Im Behördendeutsch auch Wasenmeister oder »Abdecker« genannt. Das war jener derbe Geselle, der die Tierkörperverwertung betrieb und aus den verstorbenen rundlichen Mastmöpsen der Herrschaftsdamen, die an Herzverfettung eingegangen waren, viereckige Stükke Kernseife machte. Erst viel später erfand dann ein nur zögernd beförderter, mürrischer Oberinspektor den nüchternen Namen »Flauchersteg«.

Fünfzig Meter davor steht auch heute noch das älteste Holzhaus Münchens. Als der Spaziergänger neulich wieder einmal daran vorbeibummelte, sah er auch wieder den Konrad Lorenz der Handelsklasse C, der in diesem Haus zusammen mit einem halben Dutzend gescheiter Graugänse lebte, mit einem Schwarm Tauben, die im Verein mit verfilztem Moos das »Haus von Rocky Docky« mühselig zusammenhalten halfen, und einem völlig ruinierten Gockel, dessen Hühner sich sofort nach vollbrachter Eierabstempelung hinten in der langen Reihe wieder anstellten. Tierliebe Kinder steckten ihre Zeigefinger durch die Zaunlatten wie einst der Hänsel im Märchen. Herrschafts-Sprößlinge jedoch schoben kaum angebissene Butterfinger durch die Staketen-Lücken.

Gleich neben dem ersten Brückenpfeiler verwittert hinter Gittern ein rotweiß-roter Rettungsring ohne jede Überzeugung. Denn er ist so bescheiden, daß man wohl kaum einen ersoffenen Haferlschuh damit aus den Fluten herausziehen könnte. Geschweige denn einen unglücklichen Menschen, der noch darinsteckt. Und das Strickerl, an dem der hilfsbereite Kamerad baumelt, flößt kaum mehr Vertrauen ein als jenes Haar, an dem das sagenhafte Damoklesschwert hing. Fehlt eigentlich nur noch ein kleiner Hinweis an diesem Behältnis: »Im Bedarfsfall Schlüssel bitte beim Mesner von St. Kathrein holen.«

Auf der rechten Seite des Steges wächst ein stark gefordertes Weidengebüsch. Aus diesem Verlobungs-Dschungel hört man im Sommer unentwegt die Tonband-Carusos und die Transistor-Adamos schnulzen. Immer wieder begleitet von einem wenig überzeugenden »Bittschönduasnet« und kichernden »Jein«-Protesten, die aber gegen Abend dann wesentlich leiser werden. Gleich nebenan in einer grünen Gumpe liegt ein ertrunkenes nickelfrohes Fahrrad und blitzt um die Wette mit ein paar Weißfischbäuchen. Was hat diese Tretmaschine wohl verbrochen, daß sie so enden mußte? Womöglich hat das Radl aber auch nur ein hoffnungsvoller Jungbürger einfach deshalb ersäuft, damit er ein neues kriegt mit Acht-Gang-Schaltung. Weil sich ein junger Mensch nicht schon mit acht Jahren die kleine Seele aus dem Körper strampeln soll.

Und was mag sich wohl der schöne angeschwemmte Baumstamm denken mit dem eingebrannten Qualitätsstempel? Wie lag er doch so stolz ganz oben auf einem Rundholzstoß bei Lenggries, weil er doch schon immer hoch hinaus wollte. Gewiß träumte er davon, einmal etwas ganz Besonderes zu werden. Vielleicht die Torlatte bei einer Fußballweltmeisterschaft oder eine Anklagebank in einem Amtsgericht, auf der dann sündige junge Mädchen sitzen würden. Oder zehntausend Zahnstocher. Da wäre er doch wenigstens in aller Munde gewesen. Aber jetzt liegt er einfach da, und ein starkes Jagdgeschwader von einmotorigen Möwen benutzt ihn immer wieder als Ziel für seine Schießversuche, so wie die schöne Insel Helgoland einmal von den Engländern mißbraucht wurde.

»Auf da Schintabrüggn liegt a Mensch aufn Rück'n«, plärrt weiter vorn ein hoffnungsloser Gassenbub und duckt den Schlag von der begleitenden Oma geschickt ab. »Was die Alten bloß immer zuhauen müssen«, denkt er. Er weiß ja gar nicht, daß sein Verserl auch zweideutig ausgelegt werden kann. Dann paßt er auf, daß er auf keine der 864 Bretterritzen tritt. Das darf man nämlich nicht nach einem uralten geheimen Gesetz. Das aber jedes Kind mit zehn Jahren auf einmal vergißt. Der grauhaarige Herr, der jetzt lächelnd auf die Sandbänke hinunterschaut, hat es auch schon vergessen. Aber eines weiß er noch. Daß er nämlich als barfüßiger Strandläufer immer dabei war, wenn sie mit vier Fingern ihren notwendigen Strahl mit dem Ruf »Wasser marsch« so auf ein kleines fingerdickes Birkenbäumchen richteten, daß dasselbe schwer erzitterte. Und nun hätte jemand hinter dem Baum, der daraus wurde, glatt ein bißchen austreten können. So stark war der geworden. Nein, natürlich nicht sein eigenes St.-Florians-Brünnlen. Da war er ja schon zufrieden, wenn das nicht direkt auf seine Stiefelspitzen mündete.

Und die ganzen 456 Meter läuft ein Geländer neben der Schinder-Brücke her, das es sich einfach nicht nehmen läßt, sie zu begleiten. Ohne Hoffnung und dumm wie ein Wimmer-Gymnasiast die bildschöne Tochter seines Hausherrn. Wo das hölzerne Viadukt schließlich aufhört, steht ein steiler schwarzer Baum da. Wie das Ausrufezeichen hinter einem dürftigen Sonderangebot.

Und dort endet dann auch die unglückliche Liebe des Geländers und diese kleine Geschichte von der Brücke »El-Schin-dar«.

Hereinspaziert ins Zirkuszelt!

Der erste Zirkusbesuch, an den sich der alte Manegen-Freund erinnern kann, liegt mehr als ein halbes Jahrhundert zurück. Auf der Valley-Wiese war das.

Ein Sack voll Sägemehl war da aufgestreut, ein Mann mit einer gefärbten Unterhose balancierte mit einer langen Stange über ein lächerlich niederes Seil, ein kreischendes Äffchen hatte ein rotes Soldatenkrätzchen auf und machte »Schießebumbum«. Ein kleines bleiches Männchen mit riesengroßen Hungeraugen ging mit einem Blechteller zum Sammeln.

Jahre später durfte der halbwüchsige Zirkusnarr dann zum ersten Mal in den berühmten Zirkus Sarrasani gehen, der vor einiger Zeit auf der Theresienwiese gastierte und der damals eine Truppe roter Krieger zeigte. Wenn die nicht gerade ihre herrlichen Stammestänze vorführten oder die heilige Friedenspfeife rauchten, standen die letzten Mohikaner frierend unter dem Publikum und ließen sich bezupfen und anstarren. Einer von ihnen starb dann hier an einem simplen Katarrh. Er hatte den traurig-romantischen Namen »Regen ins Gesicht«. Und er liegt im alten Münchner Südfriedhof begraben.

Vieles hat sich seitdem am Zirkusleben geändert, aber vieles auch nicht. Die Zirkusluft zum Beispiel. Wie es da bloß riecht. Nach Pernambuco, Pferdeäpfeln, entlaufenen Söhnen, Orangenschalen und verlassenen Italienern. Ja, besonders nach verlassenen Italienern. Und am Eingang stehen noch immer betreßte Diener.

Der Besucher muß da an den melancholischen Refrain denken:

… denke nicht mehr an die Zeiten,
wo du als Husar
goldverschnürt sogar …

Denn sicher waren diese Manegen-Marschälle früher einmal Gardeleutnants gewesen. Mindestens.

Ein Zirkus ohne Pferde wäre wie ein Maßkrug ohne Henkel. »Ferdilein« sagen die Kinder zärtlich zu den herrlichen Lipizzanern, die so weiß sind, als hätte Frau Holle an ihnen ein neues Waschmittel ausprobiert. Sie können vor Stolz und Kraft kaum laufen und kokettieren schwer mit den Schönen der ersten Parkettreihe. »Daß ma schee san, des wiß ma scho soiba«, sagen ihre verschämt niedergeschlagenen Augen. Und der vornehme Herr Direktor dirigiert sie mit den Bewegungen eines fahrenden Knappertsbusch. Tiefe Traurigkeit befällt den Besucher bei der Vorstellung, daß aus den seidigen Roßschweifen einmal Fiedelbogen gemacht werden sollen, mit denen dann das Opern-Orchester »Cavalleria rusticana« spielt. Oder ein Geiger vielleicht die kleine liebe Schnulze »Der alte Schimmi is im Himmi«.

Immer wenn der betagte Zirkusfreund die grauen Riesen sah, die ausschauten wie die entlaufenen Sockel von Kriegerdenkmälern, fiel ihm eine kleine nette Geschichte ein, die beweisen soll, daß Elefanten ein gewaltiges Gedächtnis haben. Da entdeckte nämlich ein uralter Bulle plötzlich ganz hinten auf einem minderen Stehplatz einen ehemaligen Wohltäter, der ihm vor zwanzig Jahren einmal eine Handvoll Würfelzucker gegeben hatte. Und was tat das gute Tier? Es hob seinen Gönner vorsichtig mit dem Rüssel hoch, trug ihn über alle Leute hinweg und setzte ihn ganz vorne auf den allerteuersten Logenplatz hin.

Lächelnd zwinkerten diese Dickhäuter den Leuten mit verschmitzten Äuglein zu, wenn sie ihre Kunststückchen machten. Aber manchmal machten sie auch ganz etwas anderes mitten in die Manege hinein. Und so groß wie Liga-Fußbälle. Da lachten dann die Leute am meisten.

Dann kam die große Sensation aus Paris. Ein Mädchen stieg in einen Wäschepuff, der Deckel wurde geschlossen, und ihr Freund stach mit einem Säbel durch diesen Korb. Ein schöner Freund! Und dann setzte sich gleich gar noch eine zweite in diese Schatulle, die sowieso nur so groß war, daß kaum zwei schmutzige Taschentücher darin Platz hatten. Schließlich verpackte der Monsieur seine Madame gefesselt und verschnürt in einem eisernen Koffer, den er umständlich verschloß. »Und jetzt den Schlüssel wegwerfen!« rief ein verbitterter Ehekrüppel aus dem Publikum, schaute sich aber gleich scheu um.

Nach dieser köstlichen Schau ging der bemooste Zirkusnarr auch noch ins kleine Tierparadies. Zum Nilpferd Poppea, zum Pelikan Iwan und zu Hannibal, dem uralten Metro-Goldwyn-Meyer-Löwen. Und wie er da gerade vor dem Raubtierkäfig stand, lief ein winziges Mäuschen dem dösenden Simba direkt über die Pfoten. Aber der König der Tiere blinzelte nicht einmal mit dem Auge. Und da wurde wohl jedem klar, woher das bekannte Sprichwort kommt: »Leben und leben lassen«.

Lied zum 100-jährigen Jubiläum Sigi Sommer

Textfassung: Johanna Beier / Dialektfassung: Christina Ferstl
Gesungen vom Chor der Klasse 2c Gotzinger Schule

1. Kennts ihr an Sigi Sommer, Sommer, Sommer?
   Kennts ihr an Sigi Sommer, kennts ihr den?

2. *Er war a echtes Münchner Kind, Münchner Kind,*
   Münchner Kind.
   Er war a echtes Münchner Kind, des war er!

3. Drum stehta mitten in da Stod, in da Stod, in da Stod.
   Drum stehta mitten in da Stod, mittendrin!

4. *Do gengan ganz vui Leid vorbei, Leid vorbei, Leid vorbei.*
   Do gengan ganz vui Leid vorbei und dengan sich:

5. Wo war da Sigi in da Schui, in da Schui, in da Schui?
   Wo war da Sigi in da Schui? Na, bei uns!

6. *Er war bei uns am Gotzinger Platz, Gotzinger Platz, Gotzinger Platz. / Er war bei uns am Gotzinger Platz, ja bei uns!*

7. Oamal hoda uns bsuacht, uns bsuacht, uns bsuacht.
Oamal hoda uns bsuacht, an unsrer Schui!

8. *Er hod vui für d'Zeitung gschriem, d'Zeitung gschriem, d'Zeitung gschriem.*
Ja er hod vui für d'Zeitung gschriem, für die AZ.

9. Als Blasius ging er durch d'Stod, durch d'Stod, durch d'Stod.
Als Blasius ging er durch d'Stod, mit seinem Hund.

10. *Und wos er do ois gseng hod, gseng hod, gseng hod.*
Und wos er do ois gseng hod, des schrieb er auf.

11. Von eam gibt's a a schönes Buch, schönes Buch, schönes Buch.
Von eam gibt's a a schönes Buch, lies des moi!

12. *Damit da Sigi bleibt bekannt, bleibt bekannt, bleibt bekannt,*
hod Sendling einen Platz benannt: den Sigi-Sommer-Platz!

13. So werda ned vergessen, vergessen, vergessen.
So werda ned vergessen, in unserer Stod!

Nachwort

von Helga Lauterbach-Sommer

Schon als Kind musste ich über die Geschichten meines Cousins Sigi Sommer schmunzeln.

Er war zwar fast dreißig Jahre älter und längst aus der elterlichen Wohnung in Sendling ausgezogen, als ich dort aufwuchs, kam jedoch regelmäßig zu Besuch. Seine Geschichten verbanden mich mit ihm. Sie spiegelten all die Facetten des Lebens in der Vorstadt Sendling wider, die auch meine Kindheit in der Nachkriegszeit prägten. Geschichten, die von den Bewohnern der grauen Mietshäuser, vom stillen Glück in den Heimgärten, von den Arbeitern in den Fabriken erzählen. So einfühlsam hat er davon geschrieben, dass auch die Menschen im Viertel seine Bücher kauften oder die wöchentliche Kolumne aus der Münchner Abendzeitung ausschnitten und diese – wie ich – über Jahre sammelten. Stolz waren allesamt auf den Sigi aus Sendling, dem es gelungen war, die Literaturszene zu beleben und den sie als »einen von ihnen« empfanden.

Längst ist Sendling zu einem attraktiven und bunt gemischten Münchner Stadtteil geworden. Doch auch heute gibt es sie noch – die echten Sendlinger, deren Familien das Viertel noch aus den grauen Vorstadtzeiten kennen. Für sie und um die Erinnerung an meinen Cousin, den Vorstadtpoeten, zu bewahren, stellte ich auf der Bürgerversammlung 2008 den Antrag einer Straßenwidmung für Sigi Sommer. Als ich für die Begründung des Antrags nach passenden Zitaten und Stellen über Sendling in meinen Büchern und den gesammelten Kolumnen suchte, wurde mir einmal mehr klar, wie häufig Sigi über die Stätten seiner Kindheit und Jugend geschrieben hatte. So entstand die Idee, fünfzig seiner schönsten Texte auszusuchen und diese zu seinem 100. Geburtstag unter dem Titel »Sendlinger G'schichten« in einem Buch herauszugeben.

Im Hinblick auf die Straßenwidmung setzte sich der Sendlinger Bezirksausschuss unter Vorsitz von Günter S. Pelkowski bei der Stadt München erfolgreich für mein Unterfangen ein. Im September 2009 fand die festliche Einweihung mit glücklichen Alt- und Neusendlingern, Prominenten und der Geistlichkeit statt. Das ehemalige »Dreieck«, die kleine Wiese vor dem Sommer'schen Elternhaus am Ende der Bruderhofstraße, erhielt offiziell die Bezeichnung Sigi-Sommer-Platz.

Zum guten Schluss bedanke ich mich aufs Herzlichste bei allen Unterstützern, die zum Gelingen des Buchs beigetragen haben; insbesondere beim Kulturreferat der Landeshauptstadt München und dem Bezirksausschuss Sendling sowie Madeleine Sarcletti-Sommer, Luise Pallauf, Konsulin Marian Schulz und Evi Brandl.

Sendling, im Frühsommer 2014

Einweihung des Sigi-Sommer-Platzes am 9. Sept. 2009 (ganz links im Bild: Helga Lauterbach-Sommer, ganz rechts: damaliger BA-Vorsitzender Günter S. Pelkowski).

Helga Lauterbach-Sommer als Kind, so wie Sigi Sommer sie kannte.

Sigi Sommer auf der Buchmesse 1980.

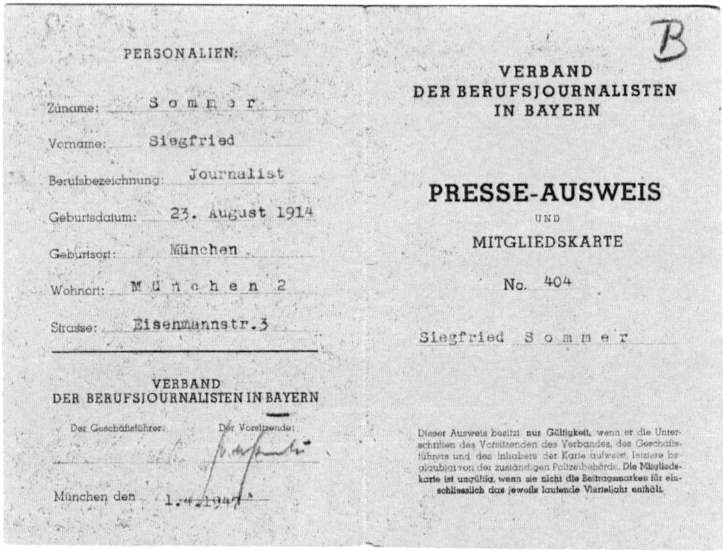

PERSONALIEN:

Zuname: Sommer

Vorname: Siegfried

Berufsbezeichnung: Journalist

Geburtsdatum: 23. August 1914

Geburtsort: München

Wohnort: München 2

Strasse: Eisenmannstr.3

VERBAND
DER BERUFSJOURNALISTEN IN BAYERN

Der Geschäftsführer: Der Vorsitzende:

München den 1.4.1947

B

VERBAND
DER BERUFSJOURNALISTEN
IN BAYERN

PRESSE-AUSWEIS
UND
MITGLIEDSKARTE

No. 404

Siegfried Sommer

Dieser Ausweis besitzt nur Gültigkeit, wenn er die Unterschriften des Vorsitzenden des Verbandes, des Geschäftsführers und des Inhabers der Karte aufweist, letztere beglaubigt von der zuständigen Polizeibehörde. Die Mitgliedskarte ist ungültig, wenn sie nicht die Beitragsmarken für einschliesslich das jeweils laufende Vierteljahr enthält.

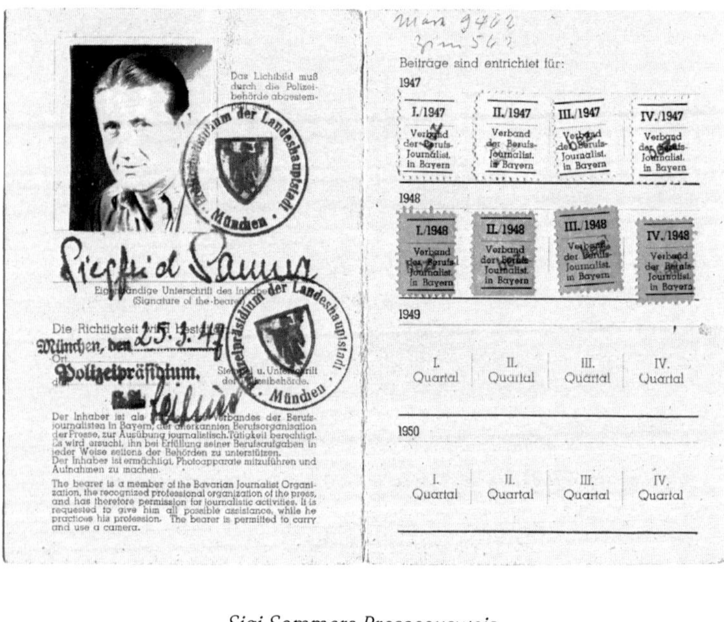

Das Lichtbild muß durch die Polizeibehörde abgestem-

Eigenhändige Unterschrift des Inhabers (Signature of the bearer)

Die Richtigkeit wird bestätigt.

München, den 25.3.47
Ort

Polizeipräsidium.

Stempel u. Unterschrift der Polizeibehörde.

Polizeipräsidium der Landeshauptstadt München

Der Inhaber ist als Mitglied des Verbandes der Berufsjournalisten in Bayern, der anerkannten Berufsorganisation der Presse, zur Ausübung journalistisch. Tätigkeit berechtigt. Es wird ersucht, ihn bei Erfüllung seiner Berufsaufgaben in jeder Weise seitens der Behörden zu unterstützen.
Der Inhaber ist ermächtigt, Photoapparate mitzuführen und Aufnahmen zu machen.

The bearer is a member of the Bavarian Journalist Organization, the recognized professional organization of the press, and has therefore permission for journalistic activities. It is requested to give him all possible assistance, while he practices his profession. The bearer is permitted to carry and use a camera.

Beiträge sind entrichtet für:

1947

I./1947 Verband der Berufs-Journalist. in Bayern · II./1947 Verband der Berufs-Journalist. in Bayern · III./1947 Verband der Berufs-Journalist. in Bayern · IV./1947 Verband der Berufs-Journalist. in Bayern

1948

I./1948 Verband der Berufs-Journalist. in Bayern · II./1948 Verband der Berufs-Journalist. in Bayern · III./1948 Verband der Berufs-Journalist. in Bayern · IV./1948 Verband der Berufs-Journalist. in Bayern

1949

I. Quartal · II. Quartal · III. Quartal · IV. Quartal

1950

I. Quartal · II. Quartal · III. Quartal · IV. Quartal

Sigi Sommers Presseausweis.

Verzeichnis der einzelnen Texte

Feierabend in Sendling
Siegfried Sommer: Blasius geht durch die Stadt – Münchner G'schichtln aus unserer Zeit, Süddeutscher Verlag, München 1950, S. 24ff.

Winnetou auf der Flaucherwiese
Siegfried Sommer: Blasius geht durch die Stadt – Münchner G'schichtln aus unserer Zeit, Süddeutscher Verlag, München 1950, S. 57ff.

Lederstrumpfs Erben
Siegfried Sommer: Blasius geht durch die Stadt – Münchner G'schichtln aus unserer Zeit, Süddeutscher Verlag, München 1950, S. 59f.

Das Etagenbad
Siegfried Sommer: Blasius geht durch die Stadt – Münchner G'schichtln aus unserer Zeit, Süddeutscher Verlag, München 1950, S. 118.

Bei der Schinderbrücke
Siegfried Sommer: Blasius geht durch die Stadt – Münchner G'schichtln aus unserer Zeit, Süddeutscher Verlag München, 1950, S. 66f.

Wie jedes Jahr ...
Siegfried Sommer: Blasius geht durch die Stadt – Münchner G'schichtln aus unserer Zeit. 2. Folge, Süddeutscher Verlag, München 1950, S. 5ff.

Blasius hat den falschen Beruf
Siegfried Sommer: Blasius geht durch die Stadt – Münchner G'schichtln aus unserer Zeit. 2. Folge, Süddeutscher Verlag, München 1950, S. 62ff.

»SZ« besucht: Blasius
Jürgen von Hollander, in: Süddeutsche Zeitung, Nr. 20, 1951.

Haus der Kindheit
Siegfried Sommer: Das Beste von Blasius. Münchner G'schichtln aus unserer Zeit. Spaziergänge 1949–1952, Süddeutscher Verlag, München 1953, S. 41ff.

Rezension von Christian Ude
Christian Ude: Und keiner weint mir nach, in: Sonderveröffentlichung Süddeutsche Zeitung Bibliothek, Band 1, 5. / 6. April 2008.

Meine 99 Bräute
Siegfried Sommer: Meine 99 Bräute – Die Aufzeichnungen eines Vorstadtkavaliers, Desch-Verlag, München 1956, S. 78–87.

Einer geht fort
Siegfried Sommer, in: Süddeutsche Zeitung, 31.10.1958, 1./2.11.1958.

Glück im Baaz
Siegfried Sommer, in: Abendzeitung, 26.8.1961.

Blasius der Spaziergänger. Oktoberfest
Siegfried Sommer, in: Abendzeitung, 23.9.1961.

»Tschump-Kaiser-allerletzt«
Siegfried Sommer, in: Abendzeitung, 21./22./23.4.1962.

Maikäfer flieg
Siegfried Sommer, in: Abendzeitung, 29.4.1962.

Am Waffelbruch-Palast
Siegfried Sommer, in: Münchner Stadtanzeiger Nr. 25, 22.6.1962, S. 5.

Am Schäserl-Strand
Siegfried Sommer, in: Münchner Stadtanzeiger, Nr. 26, 29.6.1962, S. 5.

Am Arbeitslosenlido
Siegfried Sommer, in: Münchner Stadtanzeiger, Nr. 28, 13.7.1962, S. 5.

Wildwest in den Vorstädten
Siegfried Sommer, in: Abendzeitung, 13./14.10.1962.

Schloß der Ahnen
Blasius der Spaziergänger, in: Abendzeitung, 6.8.1965.

Brot der Kindheit
Siegfried Sommer, in: Abendzeitung, 8./9.11.1969.

Die alte Wirtschaft am Eck
Sigi Sommer: SommerSprossen, Süddeutscher Verlag, München 1969, S. 27ff.

Der Trampelpfad
Sigi Sommer: SommerSprossen, Süddeutscher Verlag, München 1969, S. 35ff.

Brennessel mit Spiegelei
Sigi Sommer: SommerSprossen, Süddeutscher Verlag, München 1969, S. 42ff.

In jenen Tagen
Sigi Sommer: SommerSprossen, Süddeutscher Verlag, München 1969, S. 66ff.

Die Fabrik ist aus
Sigi Sommer: SommerSprossen, Süddeutscher Verlag, München 1969, S. 88ff.

Flaucher-Freuden
Sigi Sommer: SommerSprossen, Süddeutscher Verlag, München 1969, S. 105ff.

Wulli, wulli, wulli …
Sigi Sommer: SommerSprossen, Süddeutscher Verlag, München 1969, S. 134f.

Gute Nachbarschaft
Sigi Sommer: SommerSprossen, Süddeutscher Verlag, München 1969, S. 182ff.

Das alte Trambahnhäusl
Sigi Sommer: SommerSprossen, Süddeutscher Verlag, München 1969, S. 18ff.

Auch ich war ein Firmling
Sigi Sommer: SommerSprossen, Süddeutscher Verlag, München 1969, S. 205ff.

Kleiner Wasserfall auf Rädern
Sigi Sommer: SommerSprossen, Süddeutscher Verlag, München 1969, S. 236ff.

Feierabend in der Einmaleinswerkstatt
Sigi Sommer: SommerSprossen, Süddeutscher Verlag, München 1969, S. 259ff.

Leberkäs mit Sauerstoff
Siegfried Sommer, in: Münchner Stadtanzeiger, Nr. 3, 18.4.1972, S. 12.

Der Weg allen Fleisches
Siegfried Sommer, in: Münchner Stadtanzeiger, Nr. 35 / 36, 5. Mai 1972, S. 9.

Das Viertel der Kindheit
Sigi Sommer: Kinder wie die Zeit vergeht, Süddeutscher Verlag, München 1973, S. 28ff.

Solange die grüne Isar …
Sigi Sommer: Kinder wie die Zeit vergeht, Süddeutscher Verlag, München 1973, S. 32ff.

Brot der frühen Jahre
Sigi Sommer: Kinder wie die Zeit vergeht, Süddeutscher Verlag, München 1973, S. 42ff.

Entschwundenes Gartenglück
Sigi Sommer: Kinder wie die Zeit vergeht, Süddeutscher Verlag, München 1973, S. 82ff.

Schätze aus der Jugendzeit
Sigi Sommer: Kinder wie die Zeit vergeht, Süddeutscher Verlag, München 1973, S. 47ff.

Treffpunkt Hydrant
Sigi Sommer: Kinder wie die Zeit vergeht, Süddeutscher Verlag, München 1973, S. 50f.

Kleine weiße Wonnen
Sigi Sommer: Kinder wie die Zeit vergeht, Süddeutscher Verlag, München 1973, S. 47ff.

»Uff Uff«
Sigi Sommer: Es ist zu schön um wahr zu sein. Erinnerung an eine Jugend, Verlag R.S. Schulz, Percha 1981, S. 46ff.

Der Stolz unserer Straße
Sigi Sommer: Es ist zu schön um wahr zu sein. Erinnerung an eine Jugend, Verlag R.S. Schulz, Percha 1981, S. 119ff.

Glück mit Glasscherben
Sigi Sommer: Feinsliebchen aus Stein, Verlag R.S. Schulz, Percha 1989, S. 27.

Zahme Fluten
Sigi Sommer: Feinsliebchen aus Stein, Verlag R.S. Schulz, Percha 1989, S. 180ff.

Die Brücke El-Schin-dar
Sigi Sommer: Feinsliebchen aus Stein, Verlag R.S. Schulz, Percha 1989, S. 180ff.

Hereinspaziert ins Zirkuszelt
Werner Meyer (Hrsg.): Erinnerungen: Sigi Sommer, Edition Schulz, München 1996, S. 81ff.

Bildnachweis

Monacensia: 157
Privat: Umschlagvorderseite, 16, 19, 23, 26, 31, 43, 46, 64, 71, 116, 126, 134, 138, 142, 155, 156, 158

Alle Rechte wurden gründlich recherchiert, sollten trotzdem Ansprüche geltend gemacht werden, wird gebeten, sich mit dem Verlag in Verbindung zu setzen.

Sigi Sommer in der *edition monacensia*

Sigi Sommer lief als »Blasius, der Spaziergänger« fast 38 Jahre lang für die »Abendzeitung« durch seine Heimatstadt. Er schilderte die kleine Welt Münchens – das Alltagsleben in der Vorstadt mit ihren kleinen Leuten und Zaungästen des Lebens. Amüsant und ein wenig sentimental, boshaft und melancholisch entsteht hier das München, das Sigi Sommer nie mehr verlassen wollte. Die Leser liebten Blasius als lustiges Lästermaul. Das Buch entdeckt noch einen anderen Sigi Sommer. Er war ein Poet, aber auch ein scharf beobachtender Chronist und ein zeitkritischer Journalist. Spöttisch, ironisch und gelegentlich lautstark polternd wandte er sich gegen politische und gesellschaftliche Entwicklungen wie die Wiederbewaffnung und die Notstandsgesetze. In diesem Sinne enthält das Buch nicht nur seine lustigen Plaudereien, sondern vergessene, manchmal traurige Geschichten, die viel über seine Anfänge, sein Leben, sein Denken und seine Zeit verraten. Daß man auch sie oft mit einem Lächeln liest, ist bezeichnend für Sigi Sommer.

Wie rasend verfliegen die Jahr. Sigi Sommer - Chronist, Journalist, Spaziergänger
Herausgegeben von Werner Meyer
168 S., Paperback, € 16.00, ISBN 978-3-86520-068-6

Poesie und Prosa von und über Peter Paul Althaus

Herausgegeben von Hans Althaus

Peter Paul Althaus, der »Bürgermeister der Traumstadt«, gilt bis heute als legendärer Schwabinger Poet. Sein Neffe Hans Althaus hat mit diesem Lesebuch alle wichtigen Äußerungen über PPA zusammengetragen, die sich seit Beginn seines literarischen Schaffens auffinden ließen. Dazu zählen Zeitungsartikel und Lexikaeinträge, Interviews oder auch etliche Briefe, Vorträge und Reden. Erinnerungen so prominenter Zeitgenossen wie Marietta di Monaco, Oda Schäfer, Ludwig Kusche, Altbundespräsident Theodor Heuß und Hans-Jochen Vogel, aber auch Bewunderer aus jüngerer Zeit wie Sigi Sommer, Robert Gernhardt oder Dieter Hildebrandt runden das Bild PPAs ab.

ISBN 978-3-86906-558-8, 232 S., Paperback, € 19,90

Carry Brachvogel

Im Weiß-Blauen Land. Bayerische Bilder

Text der Erstausgabe von 1923, herausgegeben und mit einem Vor- und Nachwort versehen von Ingvild Richardsen

Carry Brachvogel bereist Bayern, spürt historischen Begebenheiten und Anekdoten nach und beschreibt mit Witz und einer scharfen Beobachtungsgabe Eigenheiten von Städten, Landschaften und Menschen – auf dem Weg nach Altötting oder auf einer Floßfahrt, beim Almtanz oder im Englischen Garten, zu Besuch in Regensburg oder in Münchner Wirtschaften. Ein starkes literarisches Kleinod einer zu Unrecht vergessenen, großen bayerischen Schriftstellerin.

ISBN 978-3-86906-468-0, 152 S., Klappenbroschur, € 12.90

Lena Christ

Madam Bäurin

Roman. Text der Erstausgabe von 1936

Ein verpfuschtes Leben kann man es nennen, das Lena Christ geführt hat. Sadistisch misshandelt als Kind und Jugendliche durch die eigene Mutter, immer schwer arbeitend bis zur völligen psychischen und physischen Erschöpfung. Schließlich ein trunksüchtiger Ehemann, der wieder nur Gewalt als Verständigungsmittel kennt. Sechs Kinder in sechs Jahren, zwei davon Totgeburten, ein schweres Lungenleiden und immer Geldnot und Existenzängste. Das Schreiben war für Lena Christ wohl der einzige Ausweg, ihre Biografie überhaupt zu ertragen. Für ihren letzten Roman »Madam Bäuerin« wählt sie ein heiteres Thema: Die Geschichte eines Stadtfräuleins, das aus Liebe zu einem Mann Bäuerin wird, und das »Happy End« entsprachen wohl nicht nur dem Traum ihres Lesepublikums von einem emphatischen Leben, sondern auch ihrem eigenen.

ISBN 978-3-86906-301-0, 124 S., Paperback, € 9.90